剪下一片月光
栞涵——著
蘇力卡——圖

Part 2 月夜下讀詩

Part3 明月幾時有

自序

但願點燃心中的愛、眼底的夢

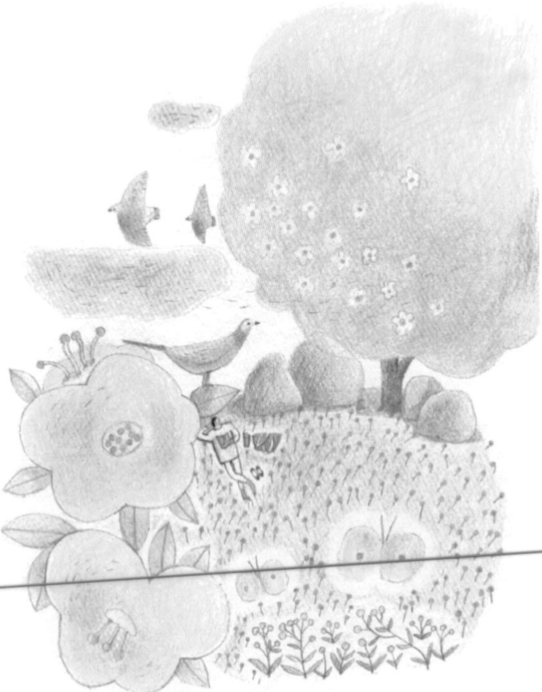

如果是一朵花，就要盡情綻放，希望能美麗全世界。

倘若只是一顆花的種子，那麼，這隨著風漂流的種子，就會在落地之處開花吧，因為無從選擇，反而帶著幾分上天的祝福。

不要覺得，那是無可奈何。不是所有花的種子都能隨著風四散，然後降落，在另一處立了新的門戶。

想一想：種子會萌芽長大，會綻放，會成為別人手中一捧美麗的花束，帶來微笑和幸福，有多麼的溫暖。

寫作，對我，也是文字栽種的過程吧？

我常提醒自己：今生我們的言行舉止，所有的作為，都來自我們的心。

彷彿，就在無意之間，我們都握著心念的筆，細細地描繪生活的遠景，其中有期待和盼望，只是我們從來不自覺。

此生我們如何對待別人，結的是善緣還是惡緣，怎麼說話，怎麼處理事情……

其實都已經存留在上天的冊簿中，一切的善待，都會在往後加倍得到奉還。所有的惡意，也會在未來自食其果。因緣果報，歷歷分明，沒有誰真的能逃躲得了。

所以，心念要美善，那麼描繪出來的，才會是幸福安康。

如果，時時刻刻，我們都持著心念的筆，那麼，哪裡能不謹慎呢？

一轉眼，我寫作超過五十年了，那是多麼漫長的歲月！

起初是緣於興趣，卻不知這條路的艱辛與久遠，堅持不懈，恐怕是最大的難處。

小時候，每每看到我仰慕的大作家在六、七十歲以後，作品就逐漸的減少，到後來甚至銷聲匿跡。當時我無法理解，如今終於明白，健康的衰敗是創作的大敵，歲月也是。歲月，帶走的，何止是我們的青春？還有熱切的嘗試、百折不回的堅韌毅力。

在我的周遭，有太多的作家，曾經由於不同的因素暫時停筆而竟再也無法重拾，更讓我心生警惕：不要輕易地說，再也不寫了。

我告訴自己：請記得，無論你處在任何的境遇，都要在文字的田畝中認真耕耘，散播真善美，希望植木成林，但見花開處處，讓朵朵迷人的花，閃耀出最亮的光，點燃起人們心中的愛、眼底的夢。

真心盼望，那會是心靈的桃花源，永恆的伊甸。

《剪下一片月光》是我很喜歡的讀心小語，我努力讓詩意流倘在字裡行間，以回報讀友們多年來的盛情鼓勵和上天的成全。

也謝謝蘇力卡雋永的插畫。

琹涵

寫於二〇二一年深秋

part 1

窗前照月光

你在遙遠的他方，那兒也是暗夜嗎？
請別擔心，我剪下的月光，正好可以為你照亮前方，
讓你勇敢前行，毫無畏懼之色。

part 1

窗前照月光

心語錄

綻放，所給予的驚喜，也必然會是我心靈深處，最常被記起的那一抹微笑，帶著永恆的魅惑，直到地老天荒。

能面對美好，多麼值得我們深深感恩。那麼，當我看到一棵樹的繽紛，一朵花的燦爛，一顆果的甜蜜，我知道，其中都有著上天成全的好意。

記起我曾有過的魂牽夢縈，那許多的思念，都會記錄在生命的詩卷上，是我今生最真摯的私語。

當天空以雨露滋潤了大地，大地則回報了花朵的盛放。
請記得我們也是花朵，溫柔、美麗、熱情的綻放，繽紛了全世界。

就做一朵出塵的花吧，自開自落。儘管面對人生不同的境遇，仍能保持安然自若，無有干擾。
一朵出塵的花，自有清香遠揚，幽幽。也在無聲遞送的祝福裡，撫慰了濁世中許多孤寂的心靈。

綻放，是每一朵花的天命。
一朵含苞的玫瑰也從來都相信自己必然開花，因為不曾懷疑，便也注定成真。
我相信，每個人的心中都有一朵含苞的玫瑰。玫瑰必定會綻放，那麼，我們內心的期待也會跟著實現。

我們的青春，也像花季，終究會有遠揚的一刻。
走過人生的花季，你覺得感傷嗎？
此時，我獨自守著黃昏，也守著那曾經有過讓人心動的美麗，就讓繽紛的記憶在此停格吧。

愛情的甜美，恐怕更甚於花開，奼紫嫣紅，不足以形容它的奪人眼目。愛情的傷痛，只怕也更勝於花落離枝的悵惘，宛如一夢，不足以形容它的飄忽。

種一個夢想，讓世界和諧安樂，變得更好。種很多的愛，讓世人彼此相親，永不匱乏。

也許，山樹曾經收集過我們年少時的囈語，此刻，它們依舊靜默不言。只等待有朝一日，我們歷經風霜，添了智慧，一切也都了然。

喝一口茶。往日的記憶浮現心頭，竟然清晰如在眼前。心中明知，縱然紅塵

有多少愛恨情仇，也不過是人世的雲煙，轉眼就要散去。那些並不愉快的過往，能忘就忘了吧。

我思念過去，遙想未來，卻真心覺得眼前才是最珍貴的。如果是一本書，往日已被翻過，縱有再多的念想也已經無可喚回。未來可以眺望，卻依舊在遙遠的一方。何如眼前的真實，可以珍惜，可以掌握，可以學習？

一個不知珍惜的人生，也不過像是一場失敗的煙火。不曾有過燦爛，空虛卻依然。

韶華易逝，終究無法久留。我還是喜歡今天的自己。務實的，以每一塊生命的磚石，緩慢的，認真的，堆疊出自己的夢想。

有一天，當我離開，我會帶著滿行囊美麗的回憶，走在人生最後的夕暮，一路有晚霞伴我歸去。

你在遙遠的他方，那兒也是暗夜嗎？請別擔心，我剪下的月光，正好可以為你照亮前方，讓你勇敢前行，毫無畏懼之色。

我們都以為青春不會褪色，幸福也會相隨到永遠。那時，歲月正年輕，我們揮霍著手中的日子，以為良辰美景永無止境。

春陽下

春陽下，日子一天比一天暖和起來了。

這時，冬日的沍寒已經走遠，東風來了，天地之間一片溫煦。

你看，眼前有沃野千里，草色青青，鋪寫出綿延不絕的希望。花顏正新，朵朵含笑，在風中輕微款擺，彷彿要告訴你，春在枝頭已十分。那麼，你，出去踏青了嗎？賞花了嗎？

請仔細聆聽：流水聲裡有歡喜。

小城飛花

三月的小城，有春風輕輕吹拂而過。

春風吹醒了大地，花也爭相綻放，小城因此無處不飛花，竟彷彿成了一座花城。那樣的繽紛美麗，都一一入了我記憶的長卷。宛如一幅畫，清新而淡遠，難以忘懷。

三月的小城，有著無可言說的奧妙與迷人，多少人慕名不遠千里而來。你看，這是一座神祕的大花園。千萬種顏彩輕輕流淌，隨意妝點了紅塵。萬紫千紅，都不足以形容它的美好與神奇。

還有那如茵的碧草，綠意滿溢，竟像是彎彎小河的流淌，一路蜿蜒到天涯。那是寫在大地上的詩，鮮活生動，卻也典雅雋永。

果然，讀它千遍也不厭倦。

等待一朵花開

當東風送暖，凜冽的寒冬早已離去，只見眾花紛陳，朵朵都在枝頭含笑招展。此時，我靜靜的守候。就在園子裡的一個小小的角落裡，我屏氣凝神，正等待著一朵花開。

花非名種，只由於是我親手所照料，感情自是不同。由於還在含苞，得等待綻放，才能知曉她那真正的姿容。縱然她未必有絕美的花顏或芬芳的氣息，我卻篤信，是曾經尋她千百遍，和我最為契合的那一朵。

原來，人和人的相遇需要好因好緣，我以為，人和花恐怕也是這樣吧？

當和風輕拂，就在這個水色的季節裡，我堅信：所有的美夢都能成真。那朵我等待已久的花，也即將綻放。

綻放，所給予的驚喜，也必然會是我心靈深處，最常被記起的那一抹微笑，帶著永恆的魅惑，直到地老天荒。

春天的花樹

世間最美的，是春天的花樹。

你知道，春天的樹，必須遇上溫暖的東風，才能讓綠苗萌發，葉子活潑的抽長。時間一到，花開滿樹，真有說不出的美麗。

如果沒有那樣的相遇，是不是所有的繽紛都不可能存在?或許，只有夢中才可得見吧？

所以，相遇是緣，只有在對的時機，合宜的物種，才能成就一切的美好。能面對美好，多麼值得我們深深感恩。

那麼，當我看到一棵樹的繽紛，一朵花的燦爛，一顆果的甜蜜，我知道，其中都有著上天成全的好意。

春花燦爛

四季裡，以春花最美，因為花開燦爛，萬紫千紅，總有說不出的歡喜。大自然生機處處，也因此顯得朝氣蓬勃，無限繽紛。

我懷疑：莫非，春天花朵的心裡都住著小小的仙子吧？於是，花開總是如此殷勤。我常疑惑的想著，卻總是不得其解。

直待一夜酣眠，我在晨曦中醒轉，竟然發現花更鮮妍，難道她從來不睡，努力裝扮著一己的容顏？

美麗，也是要付出認真作為代價的？

杉林溪的春天

不是說，春天已經來到了嗎？可是，我狐疑的四處張望，到底春天躲在哪裡呢？

人人都說，要到杉林溪去拜訪春天。我以為，春天會在豔麗的牡丹園裡，群花錦簇，會是怎樣的雍容華貴！我也以為，春天必然是在低垂的吊花鐘裡，隨風款擺，宛若芭蕾舞伶的曼妙……

不是。不是！怎麼會這樣？

那麼，是在驚呼的眼眸中？是在如織的遊人裡？……

於是，我也趕緊跟著去湊熱鬧，在如潮的人群中，擠過來又擠過去。

當我歸來，兩手空空，不曾採回一枝春。鏡子裡，卻分明有我掩藏不住滿滿的笑意，彷彿就要流溢而出。

原來，春天早已停在我內心的深處。

記得那個春天

有個春天，是我記憶裡的永恆，無法抹滅。

記得那年的春天，我們泛舟在費娃湖上。

平靜的湖水，是一面明澈的鏡子，映照了我們青春的容顏。有歌聲輕揚，笑語滑落。

遠處的青山隱隱，水鳥飛掠而過，真像是詩一般的美好。我們的驚歎聲此起彼落，有如音符的高低，譜就了一首悠遊的歌。

多少年以後，在我們的回憶裡，那些歌聲笑語屢屢被喚醒。

原來，那年的歡笑，伴隨著費娃湖的春天，從來都被仔細的保存在生命的冊頁之中。

我更想留待人生黃昏時，再來細細的回味。

陽台上的春天

我擁有一盆蝴蝶蘭，那是好朋友在我生病時送的。

或許，是他想以花來慰我病中的寂寥？美麗的花也可以是很好的陪伴。

那紫紅的顏彩，果然點亮了整個病房，後來我出院時，也把蝴蝶蘭一起帶回家，就放在陽台上。彼時，花顏正美，果真又點亮了我家的陽台。

病體一天天的轉向康復，我的精神也一日日的變得更好。

每週我替花澆水，彷彿也替陽台招來了春天。

當我看到那紫紅色的花影，心中就有溫暖流溢，串起了歡笑的音符，停駐在我心深處。

當我在客廳裡，聽到懸掛在陽台上的風鈴響了，我便知道有風走過，那清越而又傳得遙遠的風鈴聲，多麼迷人。我想，蝴蝶蘭有風鈴的陪伴，一定也會非常開心。

我想像，蝴蝶蘭在風中，如蝶的飛舞，翩翩。記起我曾有過的魂牽夢縈，那許多的思念，都會記錄在生命的詩卷上，是我今生最真摯的私語。

陽台上，因蝴蝶蘭而留住的春天，讓我讀到了永恆的風景和清新甜蜜的花言，在默默裡傳送的祝福，多麼令人難忘。

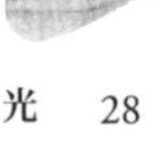

一朵花

不要以為，一朵花是微不足道的。當你仔細探索一朵花的盛開，彷彿整座山林都繽紛了。

一朵花，以它細緻的美，彰顯了造物者的神奇，如此具體而微，卻絲毫也不苟且，的確令人驚詫萬分。你能不為之心悅誠服嗎？

所以，不要忽略任何微小的細節，枝微末節的處處用心，才能有超越的可能，領先同儕，甚至獨領風騷，也就相距不遠了。

你是一朵花嗎？縱然微小，也要成為那最美的一朵。

像花朵一樣

希望我們都能像花朵一樣，溫柔、美麗、熱情的綻放。

水最溫柔，然而，柔能克剛，老子說：「上善若水，水善利萬物而不爭，處眾人之所惡，故幾於道。」原來，最高的善就像水一樣，水善於幫助萬物而不與萬物相爭，停留在眾人所厭惡的地方，所以很接近道。

美麗，從來都是永恆的悅樂，人生的追求，不也在美嗎？

熱情，則是我們前行最大的動力，也讓人生綻放光芒。當一個人變得「冷淡」了，我以為，他的心已老，很難奮發有為，這不是太可惜了嗎？

當天空以雨露滋潤了大地，大地則回報了花朵的盛放。

請記得我們也是花朵，溫柔、美麗、熱情的綻放，繽紛了全世界。

每一朵花的盛開

每一朵花的盛開，都是大地給予天空的微笑。這是多麼美麗的發想。
那麼，你呢？如果你是一朵花，你是否願意常常綻放微笑呢？
微笑，表達了無言的善意。
只要微笑，無須言語，然而，心中的善意已經為對方所了然和接受了，這樣的感覺多麼溫暖。
對不愛說話的我來說，真是太好了，行遍天下，就靠微笑。
每當我微笑時，我覺得，我也像一朵花一樣，悄悄的綻放了。
你看得到我的美麗嗎？那其實就是我在微笑。

一朵出塵的花

真心希望，如果我只是一朵花，仍然有著出塵的清新。

年輕時候，我曾經對華衣美食熱切追逐，如今想來，都像是一場遙不可及的夢。當時以為，那是人生的至樂，現在覺得，也不過是虛榮和喧擾。只有一時，而非千秋。

如今，凡事簡單就好，無欲無求，反而輕鬆自在。就像是夜深時候，一抹寧靜的月色，帶來了無邊的靜謐和禪思。

曾經有過對物質的無止境渴求，都成為過去了，有如煙塵。我不再仰仗盼望，就不會被綑綁束縛，讓心更加的自由。當奢華遠去，盛筵不再，我在簡樸的生活中，安頓好自己的身心，也擁有著更深的快樂。

就做一朵出塵的花吧，自開自落。儘管面對人生不同的境遇，仍能保持安然自若，無有干擾。

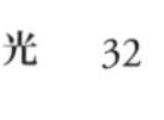

一朵出塵的花，自有清香遠揚，幽幽。也在無聲遞送的祝福裡，撫慰了濁世中許多孤寂的心靈。

一株花樹

我常在那株花樹下徘徊流連，不願離去。

是怎樣的奼紫嫣紅，宛如彤雲？又是怎樣的繽紛美麗，迷人眼目？總之，是那樣的美不勝收，讓人驚詫，卻又無言。

我一再的思量：那花，莫非是為了前世的愛戀，不能忘；於是，今生特地急急奔赴此次的盟約？

那是一株花樹，站立在天地之間，有著我極其熟稔的氛圍，也有著讓我的眼光無法移開的魅力。

於是，我徘徊左右，靜靜欣賞，想要把那獨特的姿容鐫刻在心底。

風過處，花葉簌簌，那可是不曾說出口的心語？卻也是我難以言宣的衷曲。

一棵會開花的樹

如果來生可以選擇，你有什麼想望嗎？我但願是一棵會開花的樹。

一棵會開花的樹，可以讓每個走過我身旁的人，能更輕易的感知四季流轉的氣息與氛圍。春去春來，花開花落，季節的更迭總是如此的快速，何其匆忙的腳步！原來，所有的生命都值得珍惜。

一棵樹，也是需要努力的，發芽、成長、茁壯。和風雨的對抗，與蟲害對峙，即使是在惡劣的環境裡也不輕言放棄。終究能生出最碧綠的葉子，綻放出最美的花朵。

花開滿樹，每一朵花都像星辰，輕悄的懸掛在枝頭，帶著無盡的愛和祝福。

你都看到了嗎？

一朵含苞的玫瑰

綻放，是每一朵花的天命。

一朵含苞的玫瑰也從來都相信自己必然開花，因為不曾懷疑，便也注定成真。

我相信，每個人的心中都有一朵含苞的玫瑰。玫瑰必定會綻放，那麼，我們內心的期待也會跟著實現。

為什麼說得這樣的篤定呢？正由於不曾懷疑，堅信可成，也就成功了。

所以走在人生的長途上，不必花費太多的時間遲疑徬徨，努力，堅持的走去，你也必然會走出一片屬於自己的天空。

每個人的心中都有一朵含苞的玫瑰。當然，你也是。

紅玫瑰

鮮紅的玫瑰，如伊人的唇彩，撩人思緒。

那是危崖邊的一朵紅玫瑰，以美麗的笑靨魅惑著路過的人。也彷彿是一則愛情的謎題，凡是見到的人莫不陷入爭逐之中。縱使危險而且布滿荊棘，仍願意不斷鼓起勇氣努力攀摘。

一日又一日，心力費盡，終究有人如願。

然而，到手的紅玫瑰，竟然轉眼凋零。

在這靜寂的時刻

在這靜寂的時刻，我看著一朵花的綻放。

一朵花的綻放，從含苞到盛開，就在那樣的過程裡，有驚奇，也有美好。

平常的時候，我們都太忙了，這樣那樣的事好多，我們跑進跑出，席不暇暖，難得有靜心的時刻。

這個週末的清晨，我在陽台上為植物們澆水，我的陽台上多的是綠意盎然，只有少數會開花。那天，我就看到一朵含苞的小草花，我以為距離花開還早呢，沒有想到，它就在我的眼前，逐漸，以極緩慢的速度，輕輕伸展它的花瓣，終於全然綻放了，是有著五片桃紅色花瓣的小花。

雖然微小，卻是如此的悠緩和專注，它終究盡一己之力，綻放了最大的美麗，歌頌了上天的恩典。

就在這靜寂的時刻，我看到了一朵小花綻放的神奇，心裡有著很深的感動。

錯過的花季

你曾經錯過美麗的花季嗎？錯過的心情，恐怕很不好吧？

曾經我急著追趕春天，乘著風，不畏雨，怎知萬紫千紅已然開遍，連思念也無著力處，只見一片寂然，讓人覺得無限悵惘。

原來，時光倏忽行過，花事竟然已了，暗淡的枝頭，所有的繽紛早已凋零。

明年吧？我要跟春神一起來。

錯過的花季，多麼令人沮喪。可是，不也因為錯過，更覺得失之交臂的讓人痛悔？在想像裡，那錯過的花季更有著無可言喻的、令人驚詫的美。

由於錯過，所以更美？

我想，有一天，我總會及早尋覓到花蹤，同時很認真解開屬於春天的祕密。

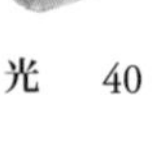

走過花季

花季是燦亮而美的，誰也不能否認。

曾經有過多少的絢爛在林木之間綻放，繽紛了春的容顏；也曾經有數不清的紅紫黃白為我們指路，好一場花團錦簇；還有更多的粉嫩新綠紛紛映入眼簾……

於是，我們的心扉輕輕開啟，悅納了大自然恩賜的厚禮。

你看，蝴蝶翩然起舞，就在眾花的深處，款款訴說著前世和今生。

是的，世間所有的繁華總會逝去，當和風遠颺，只看到一地的零落，就像我們哀傷的心。

我們的青春，也像花季，終究會有遠揚的一刻。

走過人生的花季，你覺得感傷嗎？

此時，我獨自守著黃昏，也守著那曾經有過讓人心動的美麗，就讓繽紛的記憶在此停格吧。

愛情的花季

愛情的來去，莫非也像是一場花季？既有花開，也會有花落。花開時，有多少繽紛美麗，讓人目不暇給。可是，一旦落花飄零，只餘下憔悴與哀傷，令人不忍。然而，花開有時，花落有時，這不就是大自然的循環嗎？

愛情的甜美，恐怕更優於花開，姹紫嫣紅，不足以形容它的奪人眼目。愛情的傷痛，只怕也更勝於花落離枝的悵惘，宛如一夢，不足以形容它的飄忽。

可是，我們都必須經歷過這些，才能蛻變成熟，否則，我們恐怕是更不懂事的吧？

最幸運的是花落蓮成。倘若真能修成正果，多麼可喜可賀，請務必好好珍惜，因為不是人人都有這樣的福氣。

心中的好花

每個人的心中都有一朵花，由於照顧的不同，花的綻放也各異。有的花含苞待放，充滿朝氣和希望。有的花熱烈盛開，全都是繽紛美麗。有的花奄奄一息，即將枯萎。有的花孤單暗淡，無人加以理會……

你呢？你心中的花，又是什麼模樣？

我但願，我心中的花是真善美，要時時加以護持，永不凋零。

真的，我們心中的好花將可發而為人間的諸多美言善行，讓世界更好，美善永流傳。

荷花綻放

他回白河老家過節，清晨散步時，隨手拍了一張荷花的照片傳給我看。

他跟我說：「荷花好像也變少了。」

那時才六月下旬，南台灣的天氣已極熱，夏日的熱浪滾滾，我開玩笑的問：「荷花也怕熱嗎？」

那張荷花頗有清新的姿容，白色的荷花，彷彿讓我聽見有潺潺溪水從心田流過，想起我曾有過的青春歲月。

我告訴他：「自從認識你們，荷花成了老師最喜歡的花。」

我想找一段文字來搭配那張圖，他說：「花，送老師，您留下就好。」我卻覺得，所有美的事物都應該分享，才更有意義。

後來，我寫下了：

種一個夢想，讓世界和諧安樂，變得更好。

種很多的愛，讓世人彼此相親，永不匱乏。

我把它們貼在臉書上。

或許，這樣的文字他也喜歡吧？他說：「認識老師後，更加知道如何欣賞生命的愛與美。」……

歲月流轉，當年課堂上安靜的少年早已長大，而年年美麗的荷花綻放在我的記憶裡，繽紛如昔，不曾凋謝。

荷塘默默

當你的身影不再出現，此後的荷塘總是默默。

那天，「再見再見……」你不斷的向大家揮手，笑得這般開懷。你的歡愉，是記憶裡最後的留影。

一個開心的身影。

你終於上了那班飛機，卻再也無法飛回。紅塵繁華原本都如夢，當飛機墜地起火爆炸，我們在死亡的名單上驚見了你的名字。心中痛，再無一言可說，唯有淚千行。

你找得到回家的路嗎？

想你家屋前的燈早已點亮，不怕暗夜淒冷，願你尋得到回家的路。有人說，魂魄自由，不畏路途艱險，也希望是真的。

然而，所有往日的歡笑，就像花凋葉落。

荷塘默默，我們的心情晦暗，願你得以安息。

水塘寂寂

我走過，常以悠閒的心情。

但見水塘寂寂，不曾聽聞有任何聲息，奇怪的是，擠滿了好奇的浮萍。

總是在如此安靜的夜，難道是月光想要藉著水波的溫柔，給浮萍以撫慰，卻找不到著力之處？

淺紫的素花早已謝了又開，我的青春跟著漸遠，然而，擠在一起的浮萍，卻依舊只是寂寞。

浮萍

漂泊，是浮萍的宿命。

如果說，浮萍是天生的旅行家。那真是美名。不知浮萍是否喜歡這樣的飄蕩無依的歲月，一會兒東來一會兒西？

或許，你會說，雲也是這樣。我卻覺得，畢竟大不同。你看天際何其寬廣。雲的活動空間多麼開闊，哪像浮萍，只在小小的池塘？

浮萍看到天上的雲朵飛揚，浮萍或許也有夢，只是攀摘不到，它注定在池塘裡，飛不到天邊。浮萍也看到遠處的青山，甚至四季的流轉，花開與花謝。可是浮萍又能怎樣呢？縱使大自然是一本書，讀久了，也會厭倦吧？可是，有誰能明白浮萍的衷曲？

所有的歡樂無法分享，一切的愁苦不能分擔。浮萍注定了一生孤單，無人明白它的寂寞。

於是，浮萍只能對著流水低語。耳邊，只聽得水聲嘩嘩而去；眼前，只見寒波澹澹而起。

浮萍能不哀傷？

飄零的落花

如果花開燦爛，便也注定了花落惆悵。

當我們看到枝上的花朵含笑，洋溢著生命的朝氣與柔美。多麼令人矚目。反之，飄零的落花，如此殘敗和落寞，就不免讓人覺得帶有幾分感傷了。

我站在水邊，看見落花隨風飛舞，又紛紛跌入水中，有的逐波而遠去，有的仍在大石之旁徘徊，難道它們也有著依依眷戀之情嗎？

或許，花開花落，原是尋常。一如四季的更迭，不也就是這樣嗎？

或許，真正多情的，其實是人們。

秋日芒花

秋日裡，你會喜歡什麼呢？

我愛芒花。

芒花，搖曳出一山的寂寥。絢麗的晚霞逐漸隱沒，往昔的滄桑，老是徘徊在我的夢裡，無法忘卻。

每每看到芒花，那充滿了詩意的身影，我知它解我心憂，雖然它從不言語，只是安靜的陪伴。

會不會逝去的濤聲仍響在耳畔，獨留下，歲月的屐痕猶在眼前？

想來，是芒花讓秋光更美。

我得著芒花相陪，也是一種靜好的幸福。

秋

我喜歡秋日的明淨，你呢？你也喜歡秋嗎？

當蟬歌止歇，想秋意已然深了。你看楓葉那一張張醉了的臉，猶兀自在枝頭迎風招展，為秋光染上了一抹豔麗的紅。誰說秋日只有蕭索？

秋日繽紛，唯菊最美。

簷前有菊花怒放，朵朵都是亮點。且聽詩人深情的吟唱：不是花中偏愛菊，此花開盡更無花。

四季流轉，韶華也如水流。惜花，原也要趁早。

秋蟬

很久以前，曾經有一首〈秋蟬〉的歌，歌聲悠揚，傳遍校園，真好聽。

秋日最後的蟬鳴，彷彿傾盡了所有的力氣，催熟了枝椏間的果子，也催黃了滿地纍纍的稻穗。

收穫的季節到了，米裝滿穀倉，豐裕可期。不同的果香，隨風四散，多麼的誘人垂涎。

一如農夫們的深心期盼：風調雨順慶豐年。

這也是秋蟬的祝福吧？

葉子

葉子的一生，會不會也像人呢？在回顧時如夢？

每一枚葉子，也曾青綠，那顏彩宛如碧玉，縱使寶石，也未必有如它一般的美。

葉子的青綠，就像青春的耀眼，然而，青春從來無法永恆，也是稍縱即逝的。

葉子在秋天時逐漸枯黃，在瑟瑟風寒裡顫抖著。

此刻，黃葉就要辭枝。

有小鳥飛過。

啊，居然要把秋天給叼走了！

老榕樹

成長歲月中，我一直住在台糖員工的宿舍裡，那兒有繽紛美麗的風景。

住在麻豆時，我還只是個少女。廠區寬大整潔而美，還有一棵老榕樹，就坐落在總辦公廳的斜對面，中間隔著一條小馬路。

那時，老榕樹的長鬚已然低垂，在風中輕拂。

隨著歲月的推移，早已枝繁葉茂，像一把撐開的大傘，可以遮風擋日，每到炎夏，還為我們帶來了一地的清涼。

我們常呼朋引伴，一起在樹下玩；或倚著樹幹，說著少女心事。

老榕樹就像父親。以壯闊的胸膛，張開的雙臂，護佑著我們。它總是挺立在風日之中，冷暖無畏，老當益壯。

當我們長大，一一走向遠方，為了實踐夢想。老榕樹寂寞嗎？哀傷嗎？我們毫無所悉。

往後，不論我們居住何方，甚至異國，心中對老榕樹的惦念與日俱增。午夜夢迴，它常在我們的心中。

春去秋來，歲月流轉，老榕樹可曾知曉我們對它的深深惦念？

窗口的樹

我喜歡樹，因為它堅強屹立，傲岸不屈，像一個勇者，我尤其喜歡往日窗口的那棵樹。

春去秋來，那是一棵高大而美麗的樹。

那些年，我們住在麻豆糖廠的宿舍裡，整個廠區就像是一座花木扶疏，繽紛迷人的大公園，足以令人流連忘返。

家家都有院落，對著我窗口的是一棵枝葉繁茂的樹，花兒依著時序熱烈綻放。年少時，每遇假日，我常在樹下，和友伴們一起消磨過許多快樂的時光。

平日，我們忙著讀書，騎著單車進進出出，兩旁是高大的樟樹，撒下了清陰無數。

窗口的那棵樹越長越大，隨著時光的流轉，童年時候的朋友星散，長大以後的我，常獨自在樹下徘徊，我好想在葉子上，寫我的思念，在花瓣上，譜我的心曲……

還有那數不清的祝福啊，要託給微風飄送，交給白雲傳遞。只為了，那些仍在遠方的友人。

有一天，連我們也搬離了。然而，記憶也像一棵樹，日夜生長，長得盤根錯節，鬱鬱青青，總是在夢裡，對著我一再的召喚，也喚起了我許多的思念。

我好想知道：別後多年，那棵站立在窗口的樹還好嗎？

山樹

山林之中，多的是花木，連樹也挺拔迷人。

我常想：山的美，是因著有樹，那高高低低的起伏，多麼像綠色的雲朵，在天空漂浮。每一棵樹都有著各自的故事吧？或許，它們心中的愛恨怨憎，也如同人間的離合悲歡，足以讓我們凝眸沉思。

年少時，在因緣際會下，我曾經有過幾段山居的生活。每天晨起，但見，詩意已然懸掛在樹梢，任人採擷。我們呼朋引伴，在山樹之間盤桓，輕輕訴說著心中的夢想。

如今，青春的時光早被歲月的風給吹得老遠，連夢也逐漸飄零。即使努力想要拾掇，終究不能如願。

也許，山樹曾經收集過我們年少時的囈語，此刻，它們依舊靜默不言。只等待有朝一日，我們歷經風霜，添了智慧，一切也都了然。

真的是這樣嗎？
依舊靜默，無言。

樹說

我是一棵樹，名叫懷鄉。

我日夜生長，不曾停歇。枝繁葉茂，終於紛紛伸向天際。長得更高，為了看得更遠。在那遙遙的蒼茫之處，有我心的歸向。

然而，思念的酸楚畢竟無以言說。在沉默中，我把自己站成了一方孤絕。

這時，我已經是一棵大樹了。

欣欣向榮，再也不怕風狂雨驟。我仍然不斷的努力向下，在盤根錯節裡，有我的纏綿情意，扎根牢固而且久久。

念我家鄉，那緜長的心意，從來不曾止息。

山上落日

那些年，常常有機會在山上觀看落日。

讀大學時，學校就高踞在山上，看多了日出與日落，總以為那太尋常了。畢業以後，重返紅塵，才知道山上看落日，並不是人人輕易得以見到的美景。有的還須舟車勞頓，好一番折騰之後才能如願呢。

太輕易可得的，常讓人不知珍惜。在我們的一生中也多的是這樣的事。

想起那些年，我們常在山徑上閒閒的走著，看著滿天的晚霞慢慢暗淡，和友伴們談著笑著，那是多麼不知憂愁的年月，也一如彩霞的繽紛和美麗。

如今，我定居台北都會也有二十多年了，離大自然越遠，人也越不快樂。山上看落日，還真需要閒情逸致。

哪一天邀約朋友或同學回到山徑上再走一回，再看一次落日？會不會我的心情也能重回往日時光？

有花朵的馬克杯

他到土耳其公出，回台灣後，曾經抽空來看我，送了我一個馬克杯。

那個馬克杯頗為漂亮，有著美麗的花朵。到底是什麼花呢？他說：「是鬱金香。」畫成這樣子，讓我差一點認不出來了。鬱金香是土耳其的國花，狹長型，顯得高雅含蓄，卻又靈動婀娜，她的花語是美麗，的確名符其實。

他曾經是我課堂上的學生，乖，安靜，話很少。長大以後，還是這樣。沉穩，可靠，話還是太少。或許，江山易改，本性難移，這就是例證之一了。

他回去以後，提到送我的馬克杯，竟然跟我說：「受到老師這麼多的照顧，那是小小的感謝。」

還說得真好呢。

難道他的話太少，只是我的誤會？莫非他其實很能說，只是不想表現？簡直令我迷惑。

謝謝當年那樣的一場師生因緣，竟然可以如此緜亙長久，真是不可思議。

我會記得，此生曾經這般被善待。

由衷感激。

喝茶

你愛喝茶嗎？喝茶，讓我更覺得清心自在，彷彿塵勞皆忘。

在喝茶之前，要先泡茶。

你看，就在一片熱氣蒸騰中，捲曲的茶葉努力伸展，宛如重生，卻再也無法重回枝頭新綠。此刻，成了一汪美麗的琥珀色，伴隨著幽遠的芬芳。

喝一口茶。往日的記憶浮現心頭，竟然清晰如在眼前。心中明知，縱然紅塵有多少愛恨交織，也不過是人世的雲煙，轉眼就要散去。

那些並不愉快的過往，能忘就忘了吧。

我只想記起甜美的片段，讓笑容重上面龐，如花朵的綻放。

我以為，這也是善待了自己。

一室茶香

春日時，友輩們早就邀約著一起去踏青。

我沒有應允。她們走後，留下了滿屋的寂寥。我看書累了，心想，來喝杯茶吧。

我選擇，我喜歡的紅玉。注水，烹茶，在沸滾的水中，原本蜷曲的茶葉一一舒展，茶湯竟是這般豔紅，彷彿是一縷香魂的悠悠醒轉，簡直讓人看呆了。

遙想，曾經在那高高的山上，雲裡來，霧裡去，茶樹上的每一枚葉子，竟是所有靈氣之所鍾……

我何其幸運，能得品如此好茶。

此刻茶香環繞，一室盈滿。我思念過去，遙想未來，卻真心覺得眼前才是最珍貴的。如果是一本書，往日已被翻過，縱有再多的念想也已經無可喚回。未來可以眺望，卻依舊在遙遠的一方。何如眼前的真實，可以珍惜，可以掌握，可以學習？

我跟自己說：既然如此，那麼，活在當下吧。

就在這一室的茶香裡，我好似也召來了春天，停駐在心頭。

靜靜喝茶

喝茶，可能是一天中我的心最感到悠閒的時刻。

仍在清晨，工作還沒有正式展開，尚未捲進一團紛亂之中，還可以好整以暇，稍稍準備就緒……

我只是慢慢的喝茶，看一點書報，或者，抬起頭來，看看不遠處的那棵大樹，長得真是好啊，枝繁葉茂，似乎又比前幾個月更加的蓊鬱青碧了。樹比人活得更為長久，總能給予大地更多的綠意和濃蔭。「樹見行人幾番老」，那棵樹想必也曾見證了我從青春奔放到年華老去。

有一次，有一個初相識的文友很驚訝的發現，我們都曾經有詩刊登在同一期的詩刊上，我因此送了一本詩集給他。他讀後的感想是，「每一首寫茶的詩都很精彩。」也的確讀得仔細。

我想，一個人的喜歡，恐怕也是無法遮掩的吧？因為喜歡，投下的感情和關注

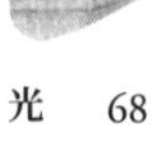

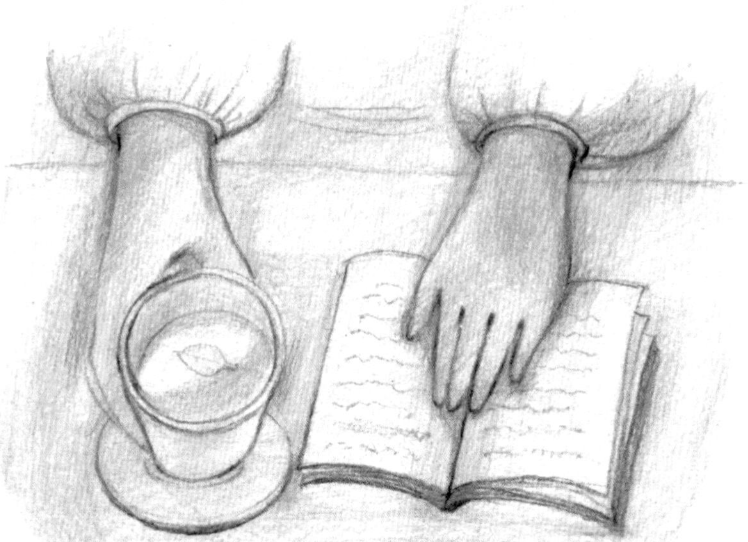

也比較多，一旦發而為詩文，可能煥發出來的光彩也會有所不同。

想起作家林清玄曾說：「人生需要準備的，不是昂貴的茶，而是喝茶的心情。」應該也是一個喜歡喝茶的人。

靜靜喝茶，常讓我覺得，彷彿連日子也都雲淡風輕。

在喝茶裡，有一份很歡愉的心情。

看見一隻鴨

在鄉下，時間悠緩的過去，我閒閒的走著。

看見一隻鴨，雄赳赳，氣昂昂，大步走在陽光底下，甚至帶著睥睨的神情，很不可一世。

即使牠站在水邊，一舉翅，也有著昂然的姿態。身上的羽毛，藍的，褐的，還有灰、黑、白，因著陽光的照臨，閃閃泛著光彩。

「真是一隻漂亮的鴨啊！」我心裡這樣想著。

有時，牠在岸邊昂首闊步。有時，牠獨自啄食喝水。似乎不太和友伴們一起。到底是不屑，還是不想？

牠有著君臨天下的神氣。

然而，再神氣，如果只和自己的影子相伴，恐怕也會是寂寞的。長期的孤寂，牠承受得了？

雛鴨

就在荷花池裡，我居然看到了六、七隻雛鴨。

是誰把小鴨子放到了這兒？都是黃絨絨的，看來還沒長得齊整呢。的確，那樣的天真，也另有一種可愛。

三三兩兩的鴨子，就在荷花池裡游來晃去，跟著荷花一起。

那荷花池不小，添了鴨子，有時聒噪，有時啄食，感覺上生動活潑多了。

荷和鴨相親，也是一美。

我看久了，居然以為，一切本來就應該是這樣的安排。

猴子

我曾經被一隻凶悍的猴子給嚇到。

那年，我們應邀到中部參觀訪問，同行的都是文藝界的朋友，其中也不乏赫赫名家。

大概是剛吃過飯吧？我們一行人走出飯館，又嘻嘻哈哈的一起走過公園的樹下。

「啪」的一聲，有個作家的眼鏡被打掉了，出手之快，多麼讓人驚愕。

這下子，再也沒有人敢悠閒的聊天了，一片靜默，大家匆匆行過。

那是猴子出的手。

是過客侵犯了牠的領地，讓牠如此勃然大怒？

在水之上

在水之上，連結兩岸的，有一座橋。

我常望著那座橋想，如果我站在橋上的高點，會不會就可以碰觸到蔚藍的天空？甚至摘幾朵雲兒來玩玩呢？

橋也很高，說不定真的可以這樣。

有一天，我真的爬上了橋，才知藍天是在更高遠之處，雲朵也在我根本無法觸摸的地方。天依舊很高，白雲也仍然悠緩的來去。

原來，我，一直是個不知天高地厚的傻孩子。

海邊的岩石

我是海邊的一塊岩石。

你聽過「石不能言最可人」這句話嗎？

是因為舉世滔滔，人人競相言說，卻又言不及義，沒有幾句值得一聽的？如果真的是這樣，我以為，那還不如靜默的好。

你是怎麼想的呢？

倘若是我，我再也不想要說話了，默默裡，把自己坐成了一方岩石。凝神望海，守著寂天寞地，守著驚濤拍岸……

當流金歲月已然走遠，塵世裡的離合悲歡，都一一寫成了心中的小詩，讓人反覆吟誦，不能忘懷。

是的，我只是海邊一塊沉默的岩石。

如果你的守候已久，是不是讀懂了我呢？

石之語

我是一塊石，獨自坐在溪邊的角落，一逕的沉默不語。喧譁的，總是水聲，在我的身旁來來去去。

在我的眼裡，晨昏都有佳景無限。日出像一首歌，日落是一幅畫。我靜靜的聆賞，從來不曾覺得寂寥。晴天如詩，雨天亦佳。

如果下雨，雨絲的迷濛若夢，滂沱大雨如壯麗的交響樂章。造化總是這般的神奇，時時都有好風光。

我是幸運的一塊石，坐落在天地之間，備受寵愛。

風鈴

你喜歡風鈴嗎？

我想：我是被風鈴充滿了夢幻的樂音所誘引的吧？叮噹叮噹叮噹，彷彿和心靈深處的弦音，聲聲相應和。

記得那年，我到日本旅遊。

我和風鈴的邂逅，在毫無預期裡，不過是在宮島一家藝品店裡。風鈴的聲音清亮如歌，譜就了唯美的詩篇。縱使聽上千百遍，仍不覺得厭倦。

我以為，花若聽到，也會為之嘆息。

於是，我帶著風鈴回來，將它掛在簷前。每當風兒走過，我聽到那清亮的聲音傳向遙遠的他方，多麼像是一個個攜著祝福的音符，聽著，聽著，連我都深受感動。

風鈴的聲音像詩，總愛在風中輕輕吟唱。

清音如歌

我喜歡風鈴，只因它有清音如歌。

我有很多風鈴，各式各樣的，最喜歡的是日本的銅製風鈴，主要還在於它的聲音清越、悠揚，彷彿可以傳到極遙遠的他方，總令我悠然神往。

從學生時代，我就喜歡風鈴，第一個風鈴是在台北師大附近的文具店買的，金屬製，聲音也清脆。教書時，常有小女生送我風鈴，有一次獲贈一個美麗的，由粉色小花朵連綴而成的風鈴，是玻璃做的，可能設計的偏離，它是瘖啞的，總讓我若有所憾。

有一年，我去日本宮島玩，四處都聽到風鈴的聲音，真是好聽啊，我不免著迷，也買了一個回來，就掛在住家的前陽台。每當有風走過，我就聽到那細緻悠揚的聲音，好聽極了，你一定想不到，我心裡有多麼的後悔，當時應該多買一些的，每個好朋友都分送一個，豈不皆大歡喜？

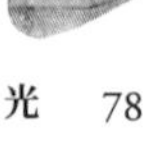

直到後來，那個風鈴不翼而飛。

現在，掛的風鈴是好朋友赴日旅遊時，買來送我的，每次聽到風鈴的清音就讓我想起她以及我們在國家圖書館初相見的往事，三十多年前的事了，也見證了友誼的長長久久。

清音如歌，這是一個安靜的下午，宜於懷想。

搖椅

你坐過搖椅嗎？

就這樣，忽上忽下，搖搖晃晃，竟也忙個不休。沒有前進，沒有後退，搖椅老是在原地踏步。彷彿只是一場徒勞的忙碌。

爺爺和奶奶坐上了搖椅。搖走了春夏秋冬，搖走了歡樂憂愁。然後，是爸爸與媽媽。搖啊搖，搖來了遲暮，搖來了蒼老。

小時候，我看著大人們坐搖椅，好像很享受的樣子。可是，那距離我們多麼遙遠啊。

於是，我們盼望著長大，甚至老去，也能坐上搖椅。搖啊搖，一定很有趣。

卻不知，總有一天，逐漸年老的我們也會坐著搖椅，搖來搖去。搖走了晨昏，搖走了清明，搖走了許多的美好時光。

驀地，你聽得孫兒稚語，只覺得宛如天籟。

牆

我是一面有記憶的牆。

歷經春去秋來，逐漸的，我的年歲夠大了。我告訴自己：縱使在斑駁蒼老的外貌之下，只願心仍是誠摯的。

無論妳記得，還是早就遺忘了我，我對妳永誌不忘。

我努力記下了每一次和妳相遇的日期、細節、言語……妳的音容笑貌，尤其美麗動人，我將它鐫刻在心版上。

有些，深深被埋藏在隱匿的細縫裡，旁人全然無從知曉，卻足供我在往後的歲月裡，一再的加以回味。

妳會知道嗎？妳不會知道的，那是屬於我酸酸的、甜甜的祕密。

雲海

你喜歡觀賞雲海嗎？

我常想：如果雲海可以涉渡，讓我們先來玩一個遊戲吧。就像童年時，愛玩水的孩子，從來不曾想像，人生若汪洋之海，是如何的波濤險惡？

如果雲海可以涉渡，我好想知道，是否彼岸就是心中的桃源？只要繼續前行，懷著憧憬，終究能抵達那遠方的夢土。

你呢？面對雲海，你想的是什麼呢？

採雲

你說，要上山去採雲。

可是，飄忽的雲像頑童。瞻之在前，忽焉在後；加以風常來橫加阻攔，恐怕注定了空手而歸。

你卻說，你已採得雲歸來。

在哪裡？在哪裡？我驚奇的問。

你笑笑，神祕的望向水塘。原來，雲在水塘中。

煙火

你看過煙火嗎？多麼壯觀而美麗！

在暗夜中，在千萬人的仰首企盼裡，煙火，終於絢麗登場。

每一雙眼都凝神注視，捨不得移開，啊！歡呼和驚歎此起彼落的響起，是這般的變幻莫測，超乎想像。也有如美夢的匆匆，只留惆悵在心頭。

台灣的煙火，真是出神入化，好有看頭。

有一年，我去美國探親，正逢美國國慶，夜晚時，有放煙火慶祝。我們也一起躬逢其盛，人很多，大家都興高采烈。

美國的煙火好看嗎？也只是尋常。如果比起台灣除夕的跨年煙火，實在不如遠甚。我們的富麗堂皇，變幻多端，還年年推陳出新，花樣百出，也的確讓人目不暇給，堪稱舉世無雙。美國的，太簡約，也太單調了，毫無出色之處，還不如我們的民俗慶典所施放的煙火呢。

細想來，一個不知珍惜的人生，也不過像是一場失敗的煙火。不曾有過燦爛，空虛卻依然。

舊時照片

你常看舊時的照片嗎？那些泛黃的照片為我們神奇的留住了往日的時光。

就在那樣的一個午後，我邂逅了年少時的自己。驚疑在，識與不識之間。夕照和晨曦，那般遠又如此近，彷如一夢。在迷離裡，我來來回回，滿身大汗，卻總是找不到出口，急得要落淚。

必然我也是從小幼苗逐漸長大，無法一步登天。

此刻，面對昔日的容顏，我沒有欣羨，儘管彼時青春耀眼，然而，韶華易逝，終究無法久留。我還是喜歡今天的自己。務實的，以每一塊生命的磚石，緩慢的，認真的，堆疊出自己的夢想。

我仍然以珍惜的心，仔細欣賞人生行旅中沿途的諸多景色，不論風雨陰晴。

小屋

人生如旅。

紅塵中，我有屬於自己的屋宇，便於工作，也讓我免於遷徙之苦。雖然只是行旅中的寄居之處，可是無須四處漂泊，身心得以安頓，我還是歡喜的。

然而，我另有一個小小的夢，我好想在山野之地，築起屬於自己的小屋。讓晨霧可以穿堂徘徊，四周的雲樹都是美麗的浮雕。每天清晨，聽見鳥兒聲聲高唱，都是對上天的禮讚。遠處的溪水潺湲，呢喃著溫柔。

在這小屋裡，會有清風花香長相為伴，窗外還有綠意如毯，直鋪向天涯。至於，詩文藝術都是我最心儀的客人。

有一天，當我離開，我會帶著滿行囊美麗的回憶，走在人生最後的夕暮，一路有晚霞伴我歸去。

月光

當我在夜晚時，獨自工作，常有月光相隨。

是的，多情的，總是月光，老在我的窗前張望。

夜深時候，它兀自默默將清輝遍灑，陪伴著終宵工作的我，好把心事一一從頭細數，直到我倦極睡去。

暗夜裡，明月的朦朧，宛如鑲嵌在我的夢境，點染了一層詩意。

月光殷勤相照，它又何需言語？

喧鬧的，總是屋外遠處的溪水，仍一路叨叨不休，奔跑跳躍，隨之遠去，卻又即刻湧進了新來的溪水，終夜喧騰，不曾停歇。

寂寞的，只有月光，依舊默默。

剪下一片月光

夜已深沉，我要剪下一片月光，寄給仍在遠方的你。

你在遙遠的他方，那兒也是暗夜嗎？請別擔心，我剪下的月光，正好可以為你照亮前方，讓你勇敢前行，毫無畏懼之色。

我在寧靜中，沐著清輝，努力溯向記憶的河。很多年前，西窗下燭影搖曳的浪漫，彷佛仍在眼前。遙想當年的原野放歌，歌聲直上青雲霄；還有那青春奔馳的身影，彷彿從來不知疲累的滋味……

是的，我們都以為青春不會褪色，幸福也會相隨到永遠。那時，歲月正年輕，我們揮霍著手中的日子，以為良辰美景永無止境。

真的是這樣嗎？年少時的我們都太天真了。

哪知才一回眸，韶華竟然早已如飛的逝去。我們努力想要挽回，一伸手，握有的，只是虛空。

你都還好嗎？別離的時光太長，當年如花的容顏，只怕很難不染上歲月的滄桑，但願我們的心仍年輕，更願故人無恙，依舊懷抱著理想的夢。

此地的月光如詩，有朝一日，希望能邀得你來共賞。

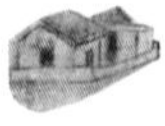

part 2

月夜下讀詩

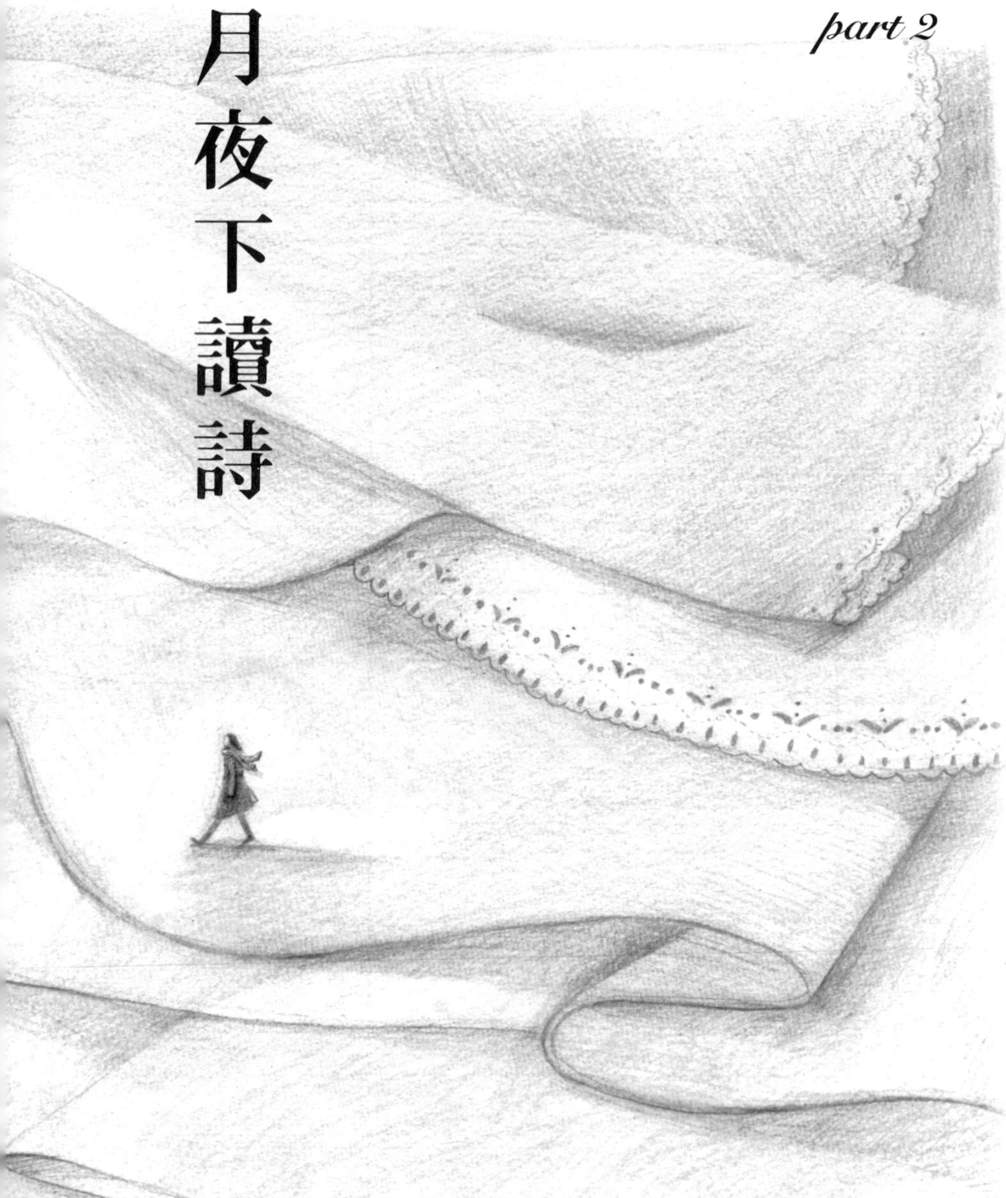

那一段曾經有過的青澀感情，
終究成為人生書冊上翻過的一頁了。
翻過，也就翻過了，心海裡沒有波瀾。

part 2

月夜下讀詩

心語錄

- 那一段曾經有過的青澀感情，終究成為人生書冊上翻過的一頁了。翻過，也就翻過了，心海裡沒有波瀾。

- 過去的，只宜留在過去。如果頻頻回首，又哪裡走得了遠路呢？

- 當愛越了界，那是霸凌。真愛，早已遠離。

人，也可以是書，只是有些時候更為隱晦和複雜。會不會也是因為這樣，才更加的引人入勝呢？

曾經冰封大地，孤寂而又寒冷。曾經胼手胝足，走過貧困年月。幸好所有的困窘、匱乏和苦痛都已經成為過去了，我們看到春暖花開，大地一片繽紛。

夜晚時，我沾著月光來寫詩。

一筆一畫，付託我心中幽微的心事。一撇一捺，所有的牽掛，都在靜默裡。

是閱讀，讓我的心靈有了飛翔的翅膀，在夢想的國度自在遨遊。智慧的金句也像希望的種子，灑向心田。縱使我灰心，也從不懷憂喪志，依然滿心期待，相信未來的花園一片繁華勝景。

時光飛逝，眼見作別西天的彩霞，黑夜就將席捲而至，手中的日子已然不多。原來，總有一日，我們都不過是一枚離枝的葉子，飄散在萬丈紅塵裡。

一朵雲的漂流，也可能負載了整個宇宙的祕密；撿拾到海邊的一個貝殼，你是不是聽到了那年夏日的海濤聲？一枚葉子的凋零，是不是也暗喻著青春的即將遠逝？

群山，由於是站在高處，離天近一點，離紅塵遠一些，人們登臨時，眼界更為寬闊，胸懷更加廣大，不會是俗世的庸俗和焦慮，清新高潔，哪裡是睚眥必報的不堪呢？又哪裡是小鼻子小眼睛的局限呢？

人生中，有相聚的歡喜，就有別離的苦楚。恐怕誰也無法要盡所有人生酒杯的甜蜜，卻拒絕苦澀。

短暫的歡樂，先別急著提領。此刻的你，忍一忍，就會給你加倍的甘甜。忍著一時的渴望，忍著心中的酸楚，將來會給你更大的、更恆久的悅樂。忍耐，也可以是磚。一塊塊的，為我們，推疊出光燦的前途。

有朝一日，當我美夢成真，過往的一切，無論憂傷或歡喜，也無論困頓或順遂，不過都像是掉落在溪水中的落葉罷了，並不值得縈繞於心。

一切都會成為過去，無論歡欣或痛苦。感謝那樣的困頓、打擊、苦楚、絕望，都不會是永恆，於是讓一切都變得可以忍受了。忍一忍，終究會成為過去。如果歡欣會是永遠，你會喜歡嗎？你懂得珍惜嗎？一成不變的歡欣，恐怕也是乏味的吧？

變動不居，才讓人生變得有滋有味。有期待，有希望，有灰心，有諸多轉折，如此，生命才是豐厚繽紛的。

生活如何輕盈？就從精簡開始吧，讓外在和內在的餘物都盡量減少，才能延請快樂蒞臨，自己的心靈便充滿了歡喜。

當往事早已如雲煙般的散去，既然如此難以追回，又何必苦苦糾纏，老是不肯放手呢？

即令春色再美，也抵擋不了韶光的流逝。縱然青春的顏彩，如錦繡的絢麗，終究是留不住的。

星空之下

小時候，住在鄉下，夜晚時，我們圍聚在庭院裡忙著數星星。

在我們的眼裡，星星遙遠而美麗，卻帶著幾分飄忽的神祕。我們都以為，那是因為彼此的相距太遠了。

也是在星空之下，我們聽著長輩說各種故事，有傳奇神話，還有鬼故事。我們常摀著耳朵，緊閉了眼睛說：「我不敢聽，我不敢聽！」

如今，我們的童年早已遠去，當年說故事的長輩也逐一凋零了。每次再望向星空，真有說不出的惆悵。

然而，在星空下，依舊有其他愛聽故事的小孩和願意說故事的大人，也一樣會有膽小的孩子，摀著耳朵，緊閉了眼睛說：「我不敢聽，我不敢聽！」令人莞爾。

童年終究會很快的過去，然而，回憶卻是永恆，尤其，它們的連結是愛，更讓人再三回首時，有著無限依依。

流星雨

那天夜裡，他們在墨色的天空中，突然看到了流星的紛紛墜落，疾如雨。

「快許願！」他說。

事出突然，她的腦中竟然一片空白，什麼也來不及說。

很久很久以後，他們早已各自走著屬於自己的人生路，彷彿是一朵雲和另一朵雲分開後，再也不曾相遇。

偶爾記起，她想，或許，那時候彼此都太年輕了，沒有默契，也沒有太多感情的牽牽絆絆，即使不經意間記起，也是淡淡的，連思念都談不上。如今覺得，這般的雲淡風輕，也是一種好。

那一段曾經有過的青澀感情，終究成為人生書冊上翻過的一頁了。翻過，也就翻過了，心海裡沒有波瀾。

她常跟自己說：過去的，只宜留在過去。如果頻頻回首，又哪裡走得了遠路呢？

她希望自己是理性的，她不願意看到自己被感情的浪潮所淹沒，被愛情的熾焰所燙傷。只是，從此，她再有機會看到流星雨，卻總是想起年少的情懷。

流星雨彷佛是她青春歲月的一個美麗的印記，絢麗卻也短暫、飄忽。到底不能久留。

對少年往日，或許因為距離的遙遠，她沒有感傷，只有祝福。

越界的愛

妳是愛他的。然而，有一天，當愛越了界，還算是愛嗎？

妳認為，「還是愛啊，太愛了，於是管得多一些，照顧得更周到一些，那有錯嗎？」說得振振有詞。只是，當對方只感到束縛和窒息，不被尊重，不被了解，只想逃躲，逃躲不成，就漠然相對。這分感情已經出現了危機，然而，妳一無所覺，卻委屈萬分。

妳想要掌控，掌控他的作息，掌控他的好惡，掌控他的現在與未來。妳口口聲聲的說：「我給了他最好的。」卻從來不問，那是不是他想要的？

當愛越了界，那是霸凌。真愛，早已遠離。

是誰匆匆走過

是誰匆匆走過？留下了花兒一朵。

你的名字是玫瑰？還是，你的心曲想藉由玫瑰來代言？

我駐足良久，想了又想，仍無法明白探知你的心意。於是，我把玫瑰放在矮籬之上，藍天之下，

我想，那樣的美麗，有緣人會喜歡。

就是愛閱讀

我常想：的確，是因著愛閱讀，才改變了我的人生。

從識字開始，母親帶著我上圖書館，從此我愛上了文字。文字是有魔法的，可以讓我哭，讓我笑，讓我哀傷和感動。我的心靈在文學的薰陶之下，日久天長之後，因此寬廣而美麗，柔軟而堅定，生命因此有了截然的不同。

我愛閱讀，從紙本開始，幾十年累積下來，從童年到人生的黃昏，也的確讀了很多書，各式各樣的。

現在，我開始讀人。我以為：人，也可以是書，只是有些時候更為隱晦和複雜，會不會也是因為這樣，才更加的引人入勝呢？

讀書讀人，在我，都各有佳趣。

我，就是愛閱讀。

夜讀

你喜歡在夜晚的燈下讀書嗎？

我是那燈下的人，讀到興會處，樂以忘憂，足以終宵不寐。

是夜讀吸引了我。讓各種人物從書中一一走出，為我演一齣精采絕倫的戲碼。出將入相，悲歡離合，繁華事散，總也飄忽如一場夢。

這時，有一隻蚊子悄悄靠近。多麼令人驚疑未定：可是來自漢唐大宋？帶來遠古的戰場悲歌？

如今俱往矣，只留下，我心中的一聲浩歎！

窗前讀詩

你愛讀詩嗎？

我常在窗前讀詩，讀詩的心情輕鬆，隨意翻開哪一頁，就讀那一頁吧。

我讀詩中雋永有趣的文字，是那樣的字字珠璣，更讀詩裡崇高淨潔的意境，心生嚮往，也讀自己內心對真善美的傾慕和追求。美好的詩篇，帶著我的思維一起飛翔。

讀詩，如果覺得累了，我便靜靜的看著蔚藍的天空有如寬闊的海洋，那緩緩行過的白雲，也像是海上的朵朵浪花，美不勝收。

我想：那也會是一扇屬於心的窗口吧，因詩而打開，豐美有如寶藏，甚至可以滋養了我的人生。

我坐看雲的任意舒卷，沒有罣礙，也深深的覺得，這是一個快意的午後，讓所有的美好因此得以暫時停留。

春天暖了，花兒開了

我常讀詩，無論古今。

想起了海子的詩〈面朝大海，春暖花開〉，寬闊而又溫暖的詩句，有滿滿的祝福。讀著讀著，內心有著很深的感動。

我們能不能擁有那麼寬廣的胸襟和視野，如大海一般的兼容並蓄、無所不包？請放下眼前的仇恨和對立吧，只有愛，才能彌補所有的創傷；只有包容，才能讓傷痕淡去，甚至消失。有一天，當願意彼此扶持，相親相愛，我們才真正盼得了春暖花開的來到。

祝福，因著真摯，成了最美的句點。

曾經冰封大地，孤寂而又寒冷。曾經胼手胝足，走過貧困年月。幸好所有的困窘、匱乏和苦痛都已經成為過去了，我們看到春暖花開，大地一片繽紛。

春天暖了，花兒開了。這是多麼美好的期待。

沾著月光來寫詩

夜晚時，我沾著月光來寫詩。

一筆一畫，付託我心中幽微的心事。一撇一捺，所有的牽掛，都在靜默裡。日久天長以後，恐怕都成了難以為人知曉的密碼。

留待多年以後，我就著明亮的月色，在詩中一一細心尋索。或明晰，或迷茫，或依舊無法解說。

原來，那是我最初的夢，最後的愛。

寫詩的歲月

年少的時候，我寫詩，也寫屬於自己的一簾幽夢。

那時，我努力在心靈的荒原上，播下花種，鋤草澆水。所有埋頭的辛勞，都化為汗水滴滴落下。日復一日的耕耘，勞苦不辭。

我想：如果花開，將會是多麼大的驚喜啊！

可是，它會開花嗎？會美麗了大地嗎？

答案啊？在茫茫的風裡，在雲天飄渺處。

如今，青春遠逝，夢也遺落。

回想那段寫詩的歲月，我很高興，我畢竟願意努力嘗試。雖然，終究成不了詩人，可是，曾經對詩的愛戀和仰慕，也讓我成為一個不太俗氣的人。

詩，美化了我的心靈和人生。

懶人之福

我的朋友裡多的是「綠手指」，怎麼種，怎麼活，甚至蔚為大觀。多麼讓我心生羨慕。

而我不是，所有我種的，幾乎活不了；勉強活下來的，也只剩下奄奄一息，遲早都要魂歸離恨天。

怎麼會這樣？我不知道。

我媽倒是很會種花的，常有人來參觀和討教。我有很多來自媽媽的遺傳，只有栽植最不行。我也只好自我安慰的說，總不能讓我占盡了所有的好，那也太不公平了吧？

我也曾經試著種過很多。迷迭香，薄荷和羅勒，全都沒有活成。花更多，多到連自己都不好意思說，也全都很快就不見了蹤影。每到春節前，常有許多朋友送各種花來，就美麗了那個佳節。佳節過後，等花謝了，就再也不曾開過。緣分因此結束，即使我努力挽留，也從來沒有成功過。

好吧，我只好在紙上寫我的花花草草，這倒好，完全無須照顧，可以長得繁盛美麗，一如想像。

原來，我只合在夢裡種植，現實卻難以配合，這也算是懶人之福吧。

月下的詩人

詩人在月下安靜的走著，看似清閒，或許是在默默細數著自己的心事。

也有可能，他努力吟自己成一首詩，如李義山。有多少耐人尋味，至今仍讓無數的讀者，或悠然神往或企圖解開謎團。

寂寞？誰問。

夜已深沉，他把所有的思緒都折疊成夢境。縱使無人明白，相信會有一朵美，簪在夢境的邊緣。

難道，是為了，留給晨光來解讀？

秋日心情

一轉眼，我的人生已經逐漸走向了秋日，如果，你問我此刻的心情如何？坦白的說，沒有蕭索，只是欲說還休。

我曾經在久遠以前，那天真的年歲和你相遇，兩小無猜相依隨，卻不知，童年的稚語終究會滑落。如枯葉的離枝。

畢竟流光送走了花開與花謝，我們在不同的城市，各自為生活而奔忙。音訊越來越少，直至沉寂，不再相互聞問。

如今，斑爛的秋日已經來到了眼前，就在季節的嘆息裡，我追溯往昔，卻走不回年少。

秋光仍美，楓紅豔麗，似遠去的昨日，令人眷戀猶深。

我的心情，但願宛如秋陽。只是，不知為什麼卻有那麼多的惆悵積壓在心頭？

坐在秋夜的窗口

記憶是一條長河，莽莽蒼蒼，無有邊際。

遙想彼時年少，青春曾經如花般的怒放，贏得多少豔羨的眼光相向，青春果真無敵。活力似瀑布的飛濺，急猛湍奔，誰敢出手阻擋？我們竟然以為那會是長長久久。那時，我們頂著夢想，漫步在雲端，心高氣傲，不可一世。

我們以為，我們都將站在世界舞台的中央，會是備受四方矚目的焦點，就等著發光發熱，捨我其誰？

我們努力奮進，一鼓作氣，想要攀向成功的高峰；也曾跌落幽谷，滿心的沮喪和悔恨；更曾痛定思痛，再接再厲……有時一敗塗地，有時心想事成，更多的是，堅持向前，一往無悔。其間有歡喜的淚，也有哀傷的歌。

我們茁壯，變得更為堅強，必須是勇者。在這同時，我們的心也更加的柔軟，深知世上苦人多，對一己的平順，滿懷感恩。

回顧時，我們終究明白，一切不過是在轉眼之間。如今，眼見暮色就要四合，手中的歲月早已所剩無幾，怎麼會這麼快，多麼讓人瞿然心驚。

當花已凋殘，流水也潺湲，此刻，我坐在秋夜的窗口，把人生的長卷細細瀏覽。原來，世間的繁華都如夢，唯有曾經付出的愛、善意和溫暖，閃耀也燦美如星，令人感到安慰。

清晨鳥語

我常在清晨散步，經常我比鳥兒還要早起。

我在靜謐中散步，偶爾也會有一些聲響，如車聲、犬吠聲和細碎壓低的人聲，彷彿只是安靜周遭的點綴，因為多半的人還在睡夢之中。

等我回到家，吃過早餐，站在陽台前澆花，這時，我常聽得鳥語喧噪，那是來自對面院子裡的那棵茄苳老樹。不知鳥兒是在傳遞著怎樣的訊息？難道是今早的頭條新聞？還是他處的茂林豐美？要不，竟然是來日的全新計畫？……

鳥聲依舊吱吱喳喳，渲染出一片高亢的氛圍。莫非是要郊遊去？還是執意出馬競選？熱熱鬧鬧？劍拔弩張？到底說的是什麼呢？

猜猜猜，猜猜猜，依舊是一團迷霧。我想，除非我也是一隻鳥，才能完全知曉吧？

然後，眾聲止息。

難道所有的鳥兒都為未來打拚去了？

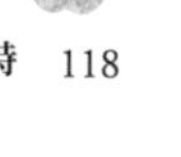

第一道晨曦

當第一道晨曦出現，黑夜終於遁逃遠去，很快就不見了蹤影。

我喜歡清晨，充滿了朝氣蓬勃。彷彿是一個美麗的開始，這樣的感覺很好，我很愛。

黑夜是絕滅，暗藏著我所不知道的神祕，帶著幾分懸疑和不確定。有時候，也讓我的心情低沉，甚至覺得沮喪。

清晨與黑夜，在我，為什麼會有這麼大的差別呢？

晨曦的來到，也一如希望的蒞臨，總是令人歡喜振奮。

我閱讀，工作，成天跑來跑去，卻依舊精神飽滿，效率也很高，滿心都是喜悅。那是因為我自覺善用了時光，不曾虛度。

只是當天色變黑以後，就是漫漫長夜的來到了，我也像是氣球消了氣，一心想要休息，無力再做其他。既然認真工作，隨後的休息，不也是理所當然的嗎？有誰能一直工作而不需要停歇呢？

經過一夜安眠之後，當晨曦再現，彷彿我又活了過來，神采奕奕，又有力氣重新投入忙碌之中了。

我愛破曉，尤其是第一道晨曦，它昭告天地：嶄新的日子來臨了。我的心緒也得到了很大的鼓舞。

請看我大顯身手，就在今朝。

飛翔的翅膀

小時候，我望著在天上的飛鳥自由的飛進林子又飛出，心中有說不出的羨慕。

我問媽媽：「我也好想飛，可是，為什麼我不能呢？」

媽媽說：「因為，你沒有翅膀啊。」

於是，我整天想著如果我有翅膀就好了，所有的美夢都可以因此成真。可是，我又如何有翅膀呢？

長大以後，我愛上了閱讀。

每每在絕望沮喪的時刻，我感激，我能閱讀。書給了我力量，衝破險阻，努力向前。人生行旅，有多少次，我面對困難險阻，因著書中智慧的啟發，終於，我得以克服了種種關卡，順利走過生命的幽谷。

行到水窮處，可以坐看雲起。

的確，是閱讀，讓我的心靈有了飛翔的翅膀，在夢想的國度自在遨遊。智慧的金句也像希望的種子，灑向心田。縱使我灰心，也從不懷憂喪志，依然滿心期待，相信未來的花園一片繁華勝景。

原來，閱讀就是我的翅膀，讓我擁有了更為寬闊遼遠的心靈世界。

整座森林的綻放

你能不能在一朵花開裡，看到了整座森林的綻放？

如果能，那麼細膩的心思，你有可能會是個未來的詩人。

想像可以培養、訓練和擴大，只要你願意嘗試，未必不可能。就怕畫地自限，輕易束手，連神仙也難救。

一朵雲的漂流，也可能負載了整個宇宙的祕密；撿拾到海邊的一個貝殼，你是不是聽到了那年夏日的海濤聲？一枚葉子的凋零，是不是也暗喻著青春的即將遠逝？

這麼一個豐富的世界，是存在的，可是，會不會就被你給輕忽了呢？

你，沒看見，沒聽到，無所感知，心上也一無漣漪？

如果這樣，不是你辜負了自己大好的人生歲月嗎？

青山嫵媚

一生中，曾經有過幾次山居，都留給我深刻的、美麗的印象。

或許，那時候我年少，山居的歲月和我的青春緊緊連結。可是，懵懂的我哪裡知道珍惜呢？竟然以為，自己手中的青春是永遠揮霍不盡的。

唉，多麼天真的心。

那麼，當我此刻苦苦追憶山居生活的美好，會不會其實是懷念著已逝的青春呢？

是的，懷念青春，當青春已然不再。

青山嫵媚，一如青春燦美。可嘆隨著歲月的流逝，青春早已遠颺，往日曾經有過的燦美，如今，卻也只能在夢裡追尋了。

山城

記憶裡的山城歲月曾經美如一場夢，讓人很難忘懷。然而，生命裡的美好，畢竟無法長留，我終究要告別遠去。

別後，猶思念殷殷。

有一天，終於，我聽到了山城的呼喚，來自遙遠的他方。我奮力掙脫所有的羈絆，想要奔向它寬闊的懷抱。不惜舟車勞頓，冀望美夢成真。

它以啁啾的鳥鳴迎我。以晨曦夕照的美景，撫慰我心靈的空寂。還有那，清澈的溪流，可以洗濯我已然走累的雙足。

山城靜悄如詩，也如故人。果真，所有的相遇都是久別重逢。

從此，我但願是那一彎清淺的小溪，日日夜夜，環繞著山城，不斷吟唱。

即使夢裡也欣然。

群山的心

谷地，是群山中的低凹之處。

就好像人的心窩，也是在一個比較低的點。

那麼，谷地，也可以說是群山的心嗎？

既有縱山圍繞，或許，也是。

那麼，這群山的心，會讓人聯想些什麼呢？

群山，由於是站在高處，離天近一點，離紅塵遠一些，人們登臨時，眼界更為寬闊，胸懷更加廣大，不會是俗世的庸俗和焦慮，清新高潔，哪裡是睚眥必報的不堪呢？又哪裡是小鼻子小眼睛的局限呢？

那樣的心，讓我悠然神往。

心靈也是一本書

我們的心靈也是一本書，說不定更為重要。

心靈的書祕而不宣，外人無由得見。除非是知己或有過長期的相處與觀察或對方願意告知一二，否則，多麼難以知曉。

心靈的書，其實是更為豐富而有趣的。

直接透過心靈的交流，更容易洞悉對方的核心價值、待人接物……如此直而無隱，一無障蔽，更能了解他的本質與為人，然而，無論優點或缺點恐怕也隱瞞不易。這或許也是很難讓心靈敞開的因素之一。

我佩服那些充滿了心靈之美的人，來自善良、感恩，以及不斷的修為。他們日日精進，在進德修業上，在言行舉止間，總是令人「即之也溫」，在在都足以為我師。

認識他們，閱讀他們，常讓我有著很深的感動，也希望能起而效尤，經由長期的學習和努力，有一天，但願自己的心靈也會是一本美麗而雋永的書。

面海的日子

曾經我在臨海的地段住過一段時日，那是朋友的房子，暫時無人居住，於是慷慨出借，我便因此擁有了面海的日子。

樓高有二十層，我住在第六樓。

每天，我只要打開窗，就可以看著潮汐的起伏，聽聽海洋的呼吸。初時覺得新鮮有趣，久了，卻也只是尋常。

有時候，我拿起詩卷來讀，讀個一兩首，然後靜默沉思，總能讓我心緒平穩且大有收穫。有時候，我朗讀給大海聽，給天空聽，也給路過的雲朵聽，日子如歌。

人世間不可能永遠一帆風順，沒有波折。我願把所有紅塵的悲歡，交給日月星辰，甚至託付給海上的波濤，彷彿，我肩上的重負因此得到減輕，或許只是移情的作用？但我的確覺得好過了一些。

海浪來來去去，並不多言，沉默也有如哲人。

海濤聲中，我閱讀和寫作，因為無人干擾，成績因此不俗。
海，彷彿只是為我陪伴的樂音。

沙灘上的腳印

我在沙灘上走著，留下一行行深深的腳印。
潮漲潮落，第二天晨起再尋，沙灘潔淨平坦，什麼痕跡也沒有留下。
怎麼會這樣呢？
回顧往日，不也像這樣嗎？你記得到底發生過什麼事呢？也幾乎全都遺忘了，因為你根本無法回答。
難道現實也像是夢境一樣，終究會被忘記的。不論快樂也好，痛苦也罷，都像是沙灘上的腳印，遲早都會被潮水所抹平的。不是嗎？
那麼，就懷著珍惜的心，來看待生命中的所有吧，因為珍惜，所以不曾錯過，也不留遺憾，這樣就好了。

倒影，如詩

湖泊，是大地的眼睛。

它總是明媚而且動人，盈盈水波，欲說還休，隨著天氣而轉變，展現了各自的風采。

有一年暑假，我去美國探親，還小住了一段時日。

度假的心情，令人放鬆。空閒的時候，清晨或黃昏，我常沿著湖邊散步，領略了和風的輕拂，有時停下來，拿起手中的麵包碎片餵食小鴨。心中真有說不出的愜意。

當我俯視湖水，我看到了群樹的倒影，如此青翠碧綠，竟也華美如詩。

大自然是一本偉大的書，它從來兼容並蓄，剛柔並濟。既綺麗又清新，既雄偉又柔媚，既如交響樂章又如小夜曲……

我在大自然裡閒閒的走著，一路看樹看水，也觀察風的流向，見到每一朵花的笑顏，每一抹雲的凝視。

湖泊，正安寧的陪伴，我默默的看著萬物的倒影，心也跟著享有平靜之美。

很久很久以後，有時候，我仍會想起那個湖邊的假期，美麗的倒影和興奮啄食的小鴨，典麗得像一首小令。

安靜的午後

安靜的午後，尤其是在這個炎炎夏日，似乎連風也跟著睡去。
只見樹孤單的站著，百無聊賴。
這樣的一個午後，有多麼的寂寞。
攜著詩卷，我獨自坐在窗前，吟哦聲中憶童年。
想起那許多無憂的時光，是年少懵懂的歲月，讓我享有了昨日天真的快樂嗎？
我們曾經呼朋引伴，放學後，一起跑去黃昏的漁港看船，在彩霞滿天中，但見歸舟緩緩駛近，等著買漁獲的人們滿臉期待的神情，都被一一存放在記憶的匣子裡。
一轉眼，屬於我的人生黃昏也越來越近了，你問我：心中焦慮嗎？
如果我不曾虛度光陰，一路走來都是這般的勤勤懇懇、孜孜矻矻，我想，我是可以坦然無懼的面對生命最後的時光。
到那時，請讓我在愛的氛圍裡，靜靜的，逐一讀取過往歲月裡所有甜蜜的回憶吧。

我知道：屬於我人生的夕暮，依舊有雲霞滿天，美麗如詩。

年少的昨日

誰沒有年少，然而，有一天，年少終將成為昨日。

當年一別，以為再見不難。卻不知，一切未必一如自己的想像。如今，青絲已成華髮。多少歲月流淌而過，誰也走不回從前。

曾經我們在髮際斜插一朵黃豔豔的茶花，拍照存影。青春是這般的耀眼，連花兒也不能爭美。曾經我們循著水聲去探幽，層層疊疊的綠，邀得清風共舞，就在我們的眼前歡然演出。曾經雲霧從我們教室的窗口飄了進來，也想跟著讀平平仄仄，一轉眼，不知何時已悄然遠離？

時光飛逝，眼見作別西天的彩霞，黑夜就將席捲而至，手中的日子已然不多。原來，總有一日，我們都不過是一枚離枝的葉子，飄散在萬丈紅塵裡。

午夜驚夢，年少的昨日果真美如一首小詩。

一點悠閒

在忙碌的生活裡，所有的步調都太快了，真讓人心情緊張，席不暇暖。這時，一點悠閒的意趣，有如畫龍點睛。

試著把一點悠閒的心情融入吧，於是，尋常日子裡便有了特別的滋味。像什麼呢？就像春陽的柔和，也像百合的清新，還有那薰衣草的迷人。世俗的寵辱因而逐漸遠離，連曾經有過的疲累也被淡忘了。整個心緒因此得到提振，彷彿跋涉過低谷泥濘，又重新昂揚了起來。

一點悠閒也如詩，不是大把，更覺得珍貴。它可以為平凡的生活鑲了一道金邊，顯得特殊的燦爛而美麗。

一點悠閒也如畫。可以讓人駐足欣賞，頓然忘卻塵勞，洗盡俗慮，整個人因此顯得精神起來。這時，心中蓄滿了正能量，可以重新出發。

在終日緊迫的工作之餘，也是那一點悠閒，足以讓我們在沉思默想中，更能細細品味出那短暫留白的雋永。

旅途之中

旅途之中，你最愛什麼呢？

一路上，奔波觀賞，從一地到另一地，馬不停蹄，有時候，也常覺得勞累。奇怪的是，旅行過後，身體的疲憊很快的忘記了；記得的，卻是沿途許多難忘的插曲和人生啟發。

你愛旅行嗎？

一路行來，我常忙著撿拾花草的芬芳，存放在記憶的匣子裡。有時候，我在安靜中回溯既往，想起許多或許曾經擦肩而過，竟從來無緣相逢的光影，連呼喚都沉寂。

一路都美，無論風景和人。我耽美的眼睛啊，全然捨不得離開。風景雖美，靜默而無言；相形之下，我更愛人的靈動有趣，伴隨著相異的風土人情，顯得分外的迷人。

我終究將它們悄悄的隱藏在心裡，你道我是沉默依舊，卻不知我的內在早已百轉千迴。

長年枯燥的工作，令人疲憊；有時候，看著旅遊圖檔，我的心已然跟著出走，浪跡在遙遠的天涯。

寂寞

有時候，你也覺得寂寞嗎？

曾經，我明確的感知：有無邊的寂寞向我襲來，如狂飆巨浪，四處席捲，多麼讓人招架不易。

十月裡白日的陽光，依舊熾烈如火烤，為什麼我只覺得心上的寒意森然？是因為此時繁花多已殘敗，再也尋不到屬於春天的殷殷情意？

幕已低垂，夜已深沉，只聽得雨聲滴答，一任雨水落在我的心田，帶著全世界寂寞的重量，沉甸而且憂傷。

我的思念

到底思念二字怎麼寫？你能告訴我嗎？

彷彿，只是在夢裡的歡喜相逢。我的心中，有那一樹的繁花似錦，我好想問：可是裁自天邊的朵朵雲霞？竟然紅豔如新娘的嫁衣。

年少時的歲月早已遠去，想起那夏日時，鳳凰樹下，拾花作蝶的日子哪裡還有痕跡可以仔細尋去？

青春，果真如夢也如浮雲。

此刻再來回想，留下的，只是思念。我的內心五味雜陳，哪能不悵觸萬端，欲說還休？

我的思念，竟像彩蝶的翩然起舞，飛翔在記憶的天空。

思念

誰是經常被你記起的人呢？

當思念的風輕拂而過，吹醒的記憶紛紛萌芽壯大，日復一日，終究長成無可撼搖的巨樹。每一片落葉都是思念的短箋，只可珍藏在心靈深處，卻無法遙寄他方。

當思念的雲悄然飄過，縱使在如墨的夜裡，心仍醒著。所有的思念都不曾睡去，如影隨形。

原來，長長的思念，就像天一樣大的紙，誰能拿起歲月的筆，努力的想要寫清楚？

總是，寫不完，理還亂。

離別是苦

人生中，有相聚的歡喜，就有別離的苦楚。恐怕誰也無法要盡所有人生酒杯的甜蜜，卻拒絕苦澀。

當你離去，台北的天空顯得格外的寂寥。這時窗外有雨水滴落，彷彿那是淚珠凝聚的音符，令人黯然神傷。如果譜寫成歌，該會是訴說著思念的纏綿吧。每次聽來，心總要碎裂了，一次又一次。

翻開記憶的匣子，收藏著昨日的愛戀。然而，怎堪檢視？就在此刻，所有的甜蜜都翻轉而為傷悲。

離別是苦，思念更是苦。

有誰能抹去過往的一切，不再想起？

告別哀傷

人人都想要歡樂，有誰會喜歡哀傷呢？

若有哀傷，那也只是無奈。

仔細想來，你從未察覺我的哀傷。就像樹上的一枚葉，在風裡幽幽嘆息，聲音隨風四散，誰見蹤影？

有時候，我像一尾魚。在水中哭泣，盡情地流淚，也無人知曉。讓淚珠混在水中，誰能辨別？

那曾是春日裡繁花開遍的小徑。眼前卻見花落如雨，零落如是，像我此刻的心情。

明知哀傷理應告別，一如烏雲的不宜久留。只願努力把心中的天空，還給朗朗晴日。

能讓我們就此別過嗎？哀傷，再見，再也不相見。

忍著

不知你是否善於克制自己？

克制，就是要忍著。

自律的人，比較能做得到吧。

先別急著吃糖，孩子，忍一忍，就給你加倍的糖吃。忍著一時的口腹之欲，忍著眼前誘人的甜蜜，將來，就會給你一整座的糖果屋。

短暫的歡樂，先別急著提領。此刻的你，忍一忍，就會給你加倍的甘甜。忍著一時的渴望，忍著心中的酸楚，將來會給你更大的、更恆久的悅樂。

想過嗎？忍耐，也可以是磚。一塊塊的，為我們，堆疊出光燦的前途。

無須後悔

年輕的時候，我常會後悔。

覺得當初怎會做這樣的決定呢？如果換成另一個選擇，不就好了嗎？必然不會有這麼多的挫折打擊和窒礙難行，說不定早就成功了。哪裡像現在，進退維谷，簡直看不到希望的曙光。

我有多麼的後悔啊！可是，此刻這樣想，不嫌太遲了嗎？

當我更大一些，閱歷增多之後，終究想清楚了。

當初的決定，必有道理。一定也是經過仔細的評估和考量，斟酌再三，才下的決定，也必然是所有的選擇中最適宜也最好的。至於，一路走來，發現的種種困難，應該都屬尋常。你如何確定，另一個選擇就能事事順遂？說不定荊棘更多，難題更大，更加的走不下去了。

所以，既經選擇，就無須後悔。因為，這已經是最佳的決定了。

從此，我更能勇往直前，向著目標走去，縱使窒礙難行，須要披荊斬棘，也不放在心上。

我想，也許直到這一刻，我才算是真正懂事吧。

走一條不後悔的人生路，是真正的智慧。

從心開始

當外在一片紊亂時，我們可以從自己的心開始沉澱。

先讓心靜下來，心定了，外在的一切也就可以逐漸理出頭緒來。

所以，最該保守的，其實是我們的心。

當我覺得心情有些煩躁時，我便找一個自己喜歡的角落，喝杯茶，慢慢的喝，也未必須要思考，靜靜的喝，茶喝完了，我也感覺自己好多了。人際的紛擾，有時也由不得自己，你不犯人，卻也有人來犯你。有時是被流彈所傷，真夠倒楣的，可是，能找誰去理論呢？還是忘了吧，那才是善待了自己。

只要我們的心坦蕩磊落，俯仰無愧，也就夠了，其他的，並不值得在意。事情的複雜和糾結，隨著歲月的流逝，或許，總有一天會水落石出，還給我們一個公道。

我願意如此相信。

有時候，我的心情

有時候，我的心情不好，像是一片落葉掉在溪水裡，浮浮又沉沉。眼前的阻礙比起想像中的多更多，一塊巨石擋住了去路，左衝右突，簡直無法可想。還有水草的不停纏繞，讓人完全邁不開步伐……挫折如此之多，真令人坐困愁城。

可是，我的目標在更遠處的大海，那才是我要奔赴的終點。那麼，當前的困難還須一一克服。我想：最後，總能克服的，只是，須要有點耐性，也須要出奇制勝。

有朝一日，當我美夢成真，過往的一切，無論憂傷或歡喜，也無論困頓或順遂，不過都像是掉落在溪水中的落葉罷了，並不值得縈繞於心。

還是須要繼續前行，堅持到底。

高低起伏

高低起伏的，常是我們的心情。

就像四季的流轉，春夏秋冬，就像白天和黑夜的更迭，我們的心情也會有高低不同的變化。

無須那樣的在意，有時高昂有時低落，也總是尋常。

只是，有時候，要努力讓自己盡可能保持心境上的平靜。平靜，是有力量和智慧的，因此十分可貴。

倘若，平靜的時刻多，我們的心性也更平和一些，人緣會更好，更受大家的歡迎。由於得道多助，加以左右逢源，人生的波折也會因此跟著減少。

你呢？你的心情好嗎？平靜嗎？

內在的寧靜

保持內在的寧靜，才能享有真正的平安。

你呢？你做得到這樣嗎？

寧靜讓我們多有省思，可以修正，可以勇敢，也帶來了力量，讓我們努力前行，走出更大的格局，提供更多的奉獻。

每個人都得面對各種紛雜和擾亂，如果能快刀斬亂麻的處理，也是一種幸運，不失為明智之舉。如果不能，就暫且擱置吧，擱置也是處理的方式之一。怕的是，一顆心懸著，拿不起又放不下，主導權還不在自己手上，那就難上加難了。還是要就教於高明，以謀求解決之道。到大自然散步，聆聽天籟，欣賞花木，以平息內在的紛擾……

想要維護內心的寧靜，一樣須要努力。我從來不相信世上會有不勞而獲的事，那樣的幸運，在我，一如樂透的中獎，無法冀望。

有一天，當我們的內在寧靜了，平安就會自然來到。

內在的平安與寧靜

再大的狂風和暴雨都會成為過去。

然而，處在風狂雨驟的時刻，你也會惴惴不安，不知外界的情況如何了？有人傷亡嗎？災損嚴重嗎？

可是，你知道，不要讓它壞了你內在的平安與寧靜，更不要為此而亂了分寸。只要初心仍在，當風停雨住，陽光重新露臉，在群策群力之下，重建不是難事，一切仍然大有可為。

內在的平安與寧靜，是我們心的歸依，更是力量的所在。

一切都會成為過去

一切都會成為過去，無論歡欣或痛苦。

感謝那樣的困頓、打擊、苦楚、絕望，都不會是永恆，於是讓一切都變得可以忍受了。忍一忍，終究會成為過去。

如果歡欣會是永遠，你會喜歡嗎？你懂得珍惜嗎？一成不變的歡欣，恐怕也是乏味的吧？

感謝歡欣也會成為過去。

變動不居，才讓人生變得有滋有味。有期待，有希望，有灰心，有諸多轉折，如此，生命才是豐厚繽紛的。

一切都會成為過去，無論悲歡。

為此，我低下頭來，謙卑的祈求，若得平安，心願已足。

擺盪

我們常在喜悅和哀傷中擺盪。也在得意和失意間擺盪。

我們有時順遂有時挫敗，我們的心也不斷在悲喜中擺盪。

為什麼麼我們不能享有平靜呢？

因為我們年輕，智慧不足，我們的心太容易為外物所遷。什麼時候我們才能做到「物我兩忘」？

總要經歷過許多人生的風風雨雨和試煉考驗，我們領受太多的教訓，終於知道，只要人生的理想夠崇高，腳踏實地的努力，外界一時的毀譽是可以不必加以理會的，那些說三道四、混淆是非黑白的話語，在真理面前，到底有什麼意義呢？

當我們不再隨著別人的謊言而擺盪，是做自己的第一步，其他的追求，才有實現的可能。不是這樣的嗎？

祕密

祕密的迷人，正由於費人疑猜；然而，若要認真的謹守祕密，卻也是很累人的事。

為了追求生活的單純，我不愛探聽別人的祕密。我一向奉行「謠言，止於智者」。如果不小心聽到了別人的祕密，我也希望能盡快的忘去，最好能不留絲毫痕跡。

於是，我想起了風。

風老是在四方遊走，聽多了花草的絮語，簷前小貓的埋怨；更多的是，人間的愛恨情仇。尤其，夜半時的私語，更是不可說的祕密。

風守口如瓶，然而，不斷高漲的情緒卻一直找不到出口。有一天，風對著山谷大喊「呼！」

「呼！」山谷如斯回應。

風，因此得到了全然的平靜。

祕密基地

每個人都需要有一個祕密基地，那是一個讓心可以停靠的地方。

也許是在校園角落裡的一棵樹下，也許是在自家的陽台上，也許是在附近的一個小山坡……

你也有一個祕密基地嗎？

當你心中的委屈無處可以存放時，也許，你會到那個祕密基地去，坐一坐，想一想，看一看天空飄過的雲，聽一聽遠處鳥兒的鳴唱，於是，你覺得自己好多了，眼裡不再有淚，內心也不再糾結。你覺得，自己彷彿被灌注了力氣，是可以重新出發的。

長大以後，你知道，祕密基地未必需要有一個實際的地方，你可以看一本詩集，唱一首歌，去旅行，去散步……都可以得到慰藉。因為，它們收容了你的心事，那些你在人前不願啟齒的衷曲。

祕密基地珍藏了你的祕密，也陪伴著你逐漸快樂而平靜的老去。

輕盈

生活如何輕盈？

就從精簡開始吧，讓外在和內在的餘物都盡量減少，才能延請快樂蒞臨，自己的心便充滿了歡喜。

輕盈是我追求的，不只是體態上的輕盈，還包括生活和內心。

每次站上體重計，如果不能輕盈，我就告訴自己，健康不是更重要嗎？只要健康了，重一些、輕一些都沒有關係。只是，我總是偏重一些。

這樣說，竟彷彿是自我安慰的話語。

有人說，生活的環境務必要維持整潔，不宜雜亂無章，宛如颱風過境。當一切物品都放在應有的位子上，顯得井然有序，那麼，體重會輕，財運會來，甚至諸事順遂。

聽得我悠然神往。

首先養成即刻歸位的習慣，一百次的怠惰，隨手放，胡亂擺，就足以讓居住的環境一團糟，的確是有道理的。

那麼，從整潔著手，處處防範，形成好習慣，一個嶄新乾淨的住家就會呈現在眼前了。

輕盈，總是值得期待的。

盼

當往事早已如雲煙般的散去，既然如此難以追回，又何必苦苦糾纏，老是不肯放手呢？

權衡之下，那麼，最聰明的辦法，或許，就是忘了吧。

往日的一切，再珍貴不捨，也不過就像是一件被遺落的珠寶。再不捨，也無法重來，如果強要重拾，也只是一場枉然罷了。何況，再一想，未來的日子依舊漫長，仍有許多無可預知的驚喜，會源源不絕的來到眼前，就等著我們去擁抱美好，去分享所有的甜蜜。

活在當下，才是真正有智慧的作為。

因此，更理性的是，不要再繼續依戀往昔，放手，是祝福。讓一己更加自在，尋常生活裡也有恬淡如詩。就在那斜暉的一抹，也在窗台上婉轉的鳥唱，更在綠蔭深濃處的清涼。

你發現了嗎？

人生若夢

人生果真如夢？你怎麼說？

刀劍畢竟成空，人生不過是夢一場。

是一代大俠又如何呢？到底是凡軀，當身影飄然遠逝，縱有千般情仇，都只留下一聲喟嘆，在日暮時分平添更多的惆悵。

虛名浮泛，如雲朵飄過天際，哪能當真？任誰都無法長生不死，糾結的恩怨從來難解。想來，唯有放下，才得真正的自由，沒有罣礙。

平凡的我們更是。歲月催逼著一日日老去，誰也不能阻攔，直到成為黃泉路上熙攘人群中的一個。紅塵飄忽，無論榮華富貴都成過往，於是，萬緣終究不得不捨下。

人生只是夢一場。

寫給歲月

終於明白，唯有歲月，才能君臨天下，人人俯首稱臣，靜默無聲，全無招架之力。

風的裙裾輕拂過芒花的浪尖，帶著幾分頑皮，倏忽遠去，卻又折回……就這樣來來回回玩著捉迷藏。

歲月正站在遠方高高的山頭，冷眼眺望。我才一轉身，嫣紅已然褪盡，殘葉落花狼藉滿地。到底啊，這其中，有誰遺失了他的心？

昨日笑靨裡的天真，恐怕再也無從尋覓。當遠處走來蹣跚的身影，照面心驚。怎麼就這樣一眨眼，竟然老了年華？

樹見行人幾番老？很快的，我們也離青春越來越遠。開始面對失去，失去至親長輩，失去事業，失去健康，失去親朋好友，甚至是夢想和希望……

讓人驚懼的是，這一切都由不得自己。

此刻，黃昏已翩然來臨。但願，那是生命中最美的一抹斜陽。

終於明白

經歷過長遠的日子，我逐漸從往昔的懵懂天真變得如今的務實用心。

我也終於明白：世間所有的紅顏，縱使再美麗，絕代有佳人，也都將在歲月中逐漸凋零、衰敗，無一得以倖免。就像是花朵在熱烈綻放後的委落塵埃，彷彿是一種命定，任誰也無可逃躲。

竟然是如雲的離散，如花的委地，如葉的飄落。

仔細想來，即令春色再美，也抵擋不了韶光的流逝。縱然青春的顏彩，如錦繡的絢麗，終究是留不住的。有一天，我們都將垂垂老去。

於是，我們總在心的深處，偶爾記起，便不免要緬懷每一個遠去昨日的美好，帶著些微的惆悵、感傷和濃濃的眷戀，欲去又還留。

一步一回首，無限依依。

part 3

明月幾時有

每一個生命遲早都要衰敗凋亡，
然而，仍有繼起的生命不斷奔向前來，
像接力賽，我們都站在愛的轉運點上。

part 3

明月幾時有

心語錄

因為花的凋謝，才有果的熟成。如果是這樣，我們就不必哀傷青春的遠去和老邁生命的消亡。

若新陳代謝是我們維生的基礎，生生不息則保障了大自然的豐美，所以當我們能平心靜氣的接納生命的來去，才看到更深邃一面的人生哲學。沒有死亡，就沒有新生。沒有捨，就不會有得。

每一個生命遲早都要衰敗凋亡，然而，仍有繼起的生命不斷奔向前來，像接力賽，我們都站在愛的轉運點上。

不是人云亦云，不是隨波逐流，我們必須傾聽內在的聲音，什麼才是心之嚮往，什麼才是恆久的追尋？

唯有懂得珍惜，才能擁有幸福。即使在一首歌裡，也能感知撥動心弦的共鳴；在一碗茶湯中，也可嘗出甘冽雋永的清芬。原來，所謂的幸福，是在知足的、美善的心裡。

我讓自己的內心成了一個自足的小宇宙。我歌，我哭，我歡喜，我惆悵，都無須過於在意。就像天上的雲朵，自來自去，美麗了整個天空。

我願意溫柔的對待所有今生的相遇。相遇就是緣分。為著那難得的緣分，我誠心善意相待。

微笑，像春陽一般的溫煦，也像夏花一樣的絢麗。

四季的風光再美，如果不見深情的凝眸，必然少了雋永的韻味。縱然詩畫的筆觸再敏銳，如果少了愛，就像琴弦的喑啞，多麼讓人悵觸萬端。

我們的心不也是一畝田，值得我們播種插秧和認真耕耘？每一分內在的充實，都帶給我們由衷的歡喜，那洋溢的喜悅更為持久豐盈。

只背負我們必須背負的，讓自己清閒一些，我想，也讓日子變得比較從容和美麗。

每個人都由搖籃逐步走向墳墓。死是最後的結局，人人都一樣，終究無可逃躲。只是，過程有長短，有順逆，更是充滿了離合悲歡。回顧時，那笑聲和眼淚，多麼令人難忘。嘗遍酸甜苦辣的人生滋味，我以為，也是一種圓滿和豐足。

如果心裡只想到，人活著，終須一死。從此，不思振奮而起，更不想有所作為，於是，得過且過，草草結束，這樣敷衍了事、得過且過的生命又有什麼樣的價值和意義呢？

人生，其實是一場未知的旅程。

未知，也是好的。由於未知，常為我們帶來許多的驚奇。如果，我們在事前都已全部知道，那麼，不過是照著劇本演戲，又會有什麼趣味橫生呢？

紅顏再美，難敵青春遠去，當老邁和死亡臨近，終將束手。

至親好友感情再好，總有離散分手的一日。

世上沒有恆久，一切都只是過眼雲煙，稍縱即逝。

今生所有的緣遇，也都只有一照面的歡喜，轉身離去，此後，人各天涯。

然而，若能相會，都屬難得，哪能企求更多？

美麗的回報

上天以雨露滋養了大地，大地則以鮮妍的花朵作為感恩。

這是何其美麗的回報！

如此的給予和報答，成就了天地間絕美的佳話。縱使無言，也的確深深感動了我。

你看，每一朵綻放的花朵，都像微笑，那是對上天的讚頌。是無私的給予和真誠的回報，成就了世間的美好。

上天既然有好生之德，我們又該如何報答呢？

我認真的工作，不敢有須臾的懈怠。我努力與人為善，不敢稍有遲疑。我存好心、說好話、做好人，我以為，那都是作為人基本的要求。

我也經常微笑，對自己所遇見的每一個人。無論識與不識，我都樂意釋出心中的善意。

當我行走人間，但願也像是大地上一朵綻放的花朵。

都準備好了嗎？

春天綻放的一朵花，並不是說綻放就綻放，而是在很久以前已經開始準備了。

一朵花，在綻放以前，必須要先蓄積足夠的養分，陽光、空氣和水都不可缺，它緩慢的成長，經過了好些時日，在一切都準備好了以後，當春天來了，東風吹起，它便開出一朵燦爛的花，迎風招展，美麗在枝頭。

秋天的一枚果也是如此。一樣需要足夠的蓄積和時間的醞釀；否則什麼都不做，甜美的果實就會由天而降嗎？我以為，除非是奇蹟，而奇蹟少有。

那麼，我們的人生也是這樣吧？需要準備的時間更長，努力、堅持、奮鬥不歇、艱苦不辭，當你完全準備好了，成功的來到，也一如水到渠成。

此刻，我好想問：你，努力過了？都準備好了嗎？

因為花的凋謝

因為花的凋謝，才有果的熟成。

如果是這樣，我們就不必哀傷青春的遠去和老邁生命的消亡。

若新陳代謝是我們維生的基礎，生生不息則保障了大自然的豐美，所以當我們能平心靜氣的接納生命的來去，才看到更深邃一面的人生哲學。沒有死亡，就沒有新生。沒有捨，就不會有得。

真的，先有花的凋謝，才有果的熟成。

這是大自然給予的教誨，也啟發了我們。

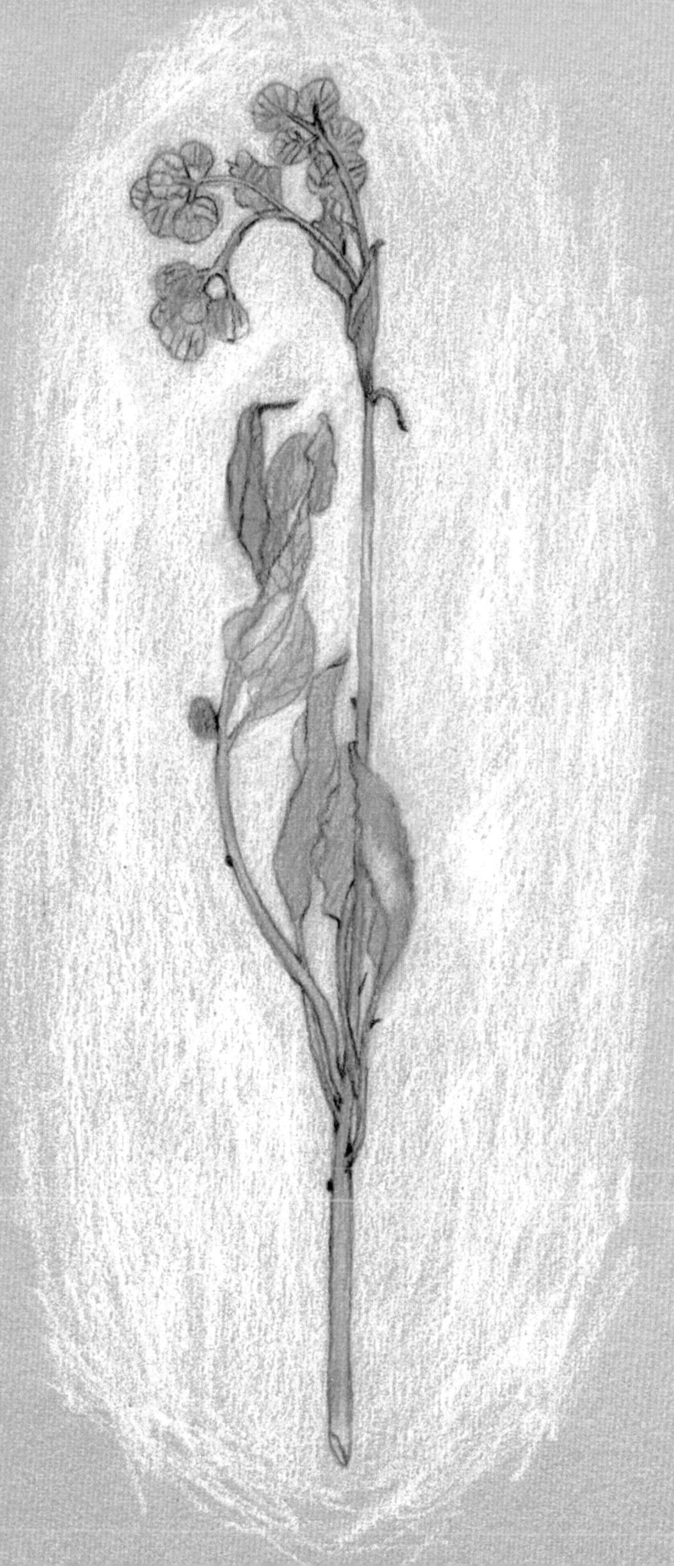

愛的轉運點

總有一天，花會凋零，葉會枯。彷彿眼前所有的一切都是變動不居的，有誰能確切掌握呢？

都會過去的，是非成敗轉眼空。

可是，花落果成，那是更美的祝福。明春，嫩葉勃發，多麼值得期待的春天。大自然，總是這樣的生生不息，那麼，我們也不應沮喪。

把目光放在理想的追求上，為一個更崇高的目標而奉獻心力，畢竟是有意義的。每一個生命遲早都要衰敗凋亡，然而，仍有繼起的生命不斷奔向前來，像接力賽，我們都站在愛的轉運點上。

如此，原本渺小的個人生命，是由於發光發熱，才有了真正的價值。

微笑如花

微笑的開啟，就像花朵的綻放。

我喜歡看見所有的微笑，只要是出自內心的善意，真誠讓微笑更添美麗，也讓人難忘。像一朵花，像一首詩。

孩童的笑容最天真，沒有任何的掩飾，歡喜就笑，委屈就哭。有時還又笑又哭，卻只有孩童的心享有這樣清純，絲毫不沾染塵埃。

當我們長大，工作忙，事情多，衝突與糾葛日深，我們甚至忘了臉上的微笑，只是不快樂的活著。我們厭倦，疲憊，了無生趣，距離快樂也就更加遠了。

有一天，我走在路上，沿途有花，各式各樣的。我想，春天早就來了，然而，我卻不記得。

看著安全島上的豔豔紅花，我微笑。

行到水窮處

人生不可能時時順遂，艱難和困頓處處都是。

行到水窮處，請記得，務必要坐看雲起。

想起「春風得意馬蹄疾，一日看盡長安花」的詩句。多麼令人欣羨！在和煦的春光下，得意洋洋的騎馬疾馳，一天之內就把整個長安城的繁花勝景都看完了。

然而，走馬看花，如此快速的瀏覽，錯失的美景只怕更多吧！可是，春風得意時的我們又哪裡在意呢？

好時光不會停留太久，挫折和失敗很快的就來到了眼前。唯有冷靜省思，堅持對的方向，才有可能遭逢柳暗花明又一村。

坐看雲起，給了我們的人生另外一個機會，也相信會更好。

帶著微笑和歡喜的雲

清晨，我在鳥兒的婉轉鳴唱中醒來，心裡覺得好幸福。

每天我坐在餐桌邊吃早餐，正對著那棵蓊鬱青碧的大樹。那棵樹長得多麼好啊，幾十年來都以青蔥的翠綠迎人，很有朝氣，彷彿它從來都不會老去。

今天的陽光宜人。

一早，就領受這種種的好。我問自己，「那麼，我該以什麼作為最好的回報呢？」

於是，在安寧裡，彷彿我平靜的心田也長出了一朵雲，一朵帶著微笑和歡喜的雲。我誠心誠意的，想以這朵雲相贈吧，但願不會嫌它太過微薄。

帶著微笑和歡喜的雲，你看到了嗎？

希望只是雲一朵

生活，有時候是讓人覺得疲憊的。

於是，坐在窗前發呆的我，真希望自己只是天上的一朵白雲，隨著風四處飄盪，一會兒東來一會兒西，時時都能隨遇而安。

爭強好勝太累了，追名逐利也辛苦，還是無所事事的好。

只是，那樣的人生符合我的期待嗎？

我想，或許，此刻的我只是想休息一下，再決定何去與何從？一旦我想清楚了，一切也就豁然開朗。

只是雲一朵，依舊是我的想望，多麼怡然自得！

整座山林微笑了

當一朵花綻放，那樣的燦爛美麗，便足以讓人想像整座山林微笑了。

以小可以窺大，總是這樣。

春天來時，當一朵花綻放了，其他的花也都會跟著陸續開了，這時，整座山林一片花團錦簇，果真美不勝收。

第一朵花開，彷彿是發出了一個訊號，招引得其他的花也跟著開了，遍地花開，百花怒放，是如何的繽紛美麗。

如果你是花，是否願意做那春天時，整座山林裡，引領風騷的第一朵花？

給自己一個微笑

如果，你能微笑對待別人，那麼，你也能給自己一個微笑嗎？

當你覺得自己在許多的挫折和失敗之下，再也無力振作，你好累，好想要放棄努力時，請暫緩腳步，給自己一個微笑吧。

你遭遇的困難是真，你的疲倦也是真，然而，你只需要暫時休息一下就可以恢復了。

事情並不如你想像中的一敗塗地，你依然大有可為，只是你需要好好休息。當你恢復了元氣，你才有力量想方設法，另作圖謀。那麼，現在，就先給自己一個微笑吧。

微笑，像陽光，可以帶來精神上的鼓舞，讓自己再接再厲，繼續奮鬥。

微笑，也像春天的花朵，讓世界充滿了盎然的生機，處處有希望。

此刻的你，同樣需要鼓舞和生機。

所以，給自己一個微笑吧。

記憶裡的微笑

微笑，像春陽一般的溫煦，也像夏花一樣的絢麗。

有的微笑，隨著歲月的流逝，可能逐漸被淡忘；有的卻無法抹滅，因為它長存在記憶的幽微之處。

或許，很多年以後，就在一個秋天落雨的夜晚，突然想起了你那微笑，我以為早已不知遺落在何方，原來，是被深藏在心的一個小角落裡。

那朵微笑，如花之綻放。伴隨著曾經有過的青春年華，何曾逝去？何曾悄然飄墜？

彷彿之間，竟是昨日的你，淺淺微笑的向著我走來，一如陽光的溫暖。

依舊是那年春風中的溫柔，依舊是年少時不知憂愁的愛戀。

微笑是祝福

歡喜，讓我們更美麗，而微笑是祝福。

你常微笑嗎？你知道，微笑傳遞的是祝福嗎？

有時候，歡喜是一種善意，微笑也是。

我們常對自己相識的人微笑，那麼，對不認識的人呢？你是漠然走過，還是也願意微笑以對呢？

給陌生人一個友善的微笑，會有困難嗎？有損失嗎？

如果沒有，那麼，你願意試一試嗎？

微笑的綻放也一如花朵，美麗了我們的世界，也讓我們的心情變得更好。讓識與不識者都同享歡愉的美好，這是多麼有意義的事。不必有任何的花費，卻達到了善意和祝福的傳遞，真是太好了。

如果有一天，你看到迎面而來一張微笑的臉，說不定，就是我呢。

記得那時風景

有時候，某些風景是永恆，很難磨滅。

春去春又來，幾次風雨侵襲，歲月總留有或多或少的滄桑。

在物換星移之後，為何我總記得那時風景？天很藍，白雲像小舟一樣緩緩行過。

我彷彿聽見，小鳥在極遠處放歌。而我為什麼竟然可以聽得一清二楚？彷彿那溫柔的樂音竟是穿過無數的山水而來，唱著為我祝福的歌。

只有歡喜，沒有淚水。

永遠都有幸福。

唱一首歌，在心中

你愛唱歌嗎？或者，只在心中偷偷的唱？

當四周一片笑語喧譁，我要唱一首歌，在心中。

讓音符紛紛流淌成河，溫柔的將我環繞，我便遺忘了所有塵世的憂愁，不再有記掛。這時，我的微笑綻放，有如花朵一般。

當四野滿是孤寂，我要唱一首歌，在心中。

讓音符紛紛飄向天際，可以與白雲一起遨遊，毫無罣礙，有多麼的歡喜自在，彷彿我也成為一朵快樂的雲。

我常唱喜悅的歌，好讓繽紛的音符懸掛在樹梢，也像一朵又一朵的祝福。

來自用心和努力

最美的歌，都是用心唱出來的。

我有個做裁縫的朋友，她跟我說，她最恨別人跟她講，「像你這麼會做衣服的人，隨便做做就好。」

她生氣的說：「隨便做做，怎麼會好？一定不好的。」

真的，看人挑擔，不吃力。

凡事若要做得好，哪有不盡心盡力的呢？

從此，我知道，如果有人比我表現出色，拿得出更優異的成績，他一定比我更努力，更費心思，我總是由衷的稱揚對方，知道那是很不容易的。

歌唱得好，來自長期的練習，各行各業的脫穎而出，也由於鍥而不捨的毅力，從來都不可能僥倖。

傾聽

你願意傾聽嗎?你常傾聽別人的話語嗎?

隨著時光的流轉,四季的封面被逐一的翻過。任憑草枯草榮,花謝花開,到底是誰在大地上,細聽風的低語?追逐生命的奧妙?

如果曾經深深看盡一朵花的笑顏,美好已經存留心底,將不會磨滅。

我好奇的是:縱然雲去雲來,日升日落,到底是誰在大自然裡,聆聽山水的清音?觸及永恆的祕密?

傾聽裡,有著陪伴的情意和殷勤的祝福,你是否知曉?

窗外陽光

是由於陽光的照臨，讓一切變得不同。明亮，開朗，充滿了希望和朝氣。

經常我在室內工作，而陽光就在窗外徘徊、等待。它常對著我招手，一再的，熱誠的。

可是，我很忙，這樣那樣的事情多著呢，並不想理睬。它仍緩緩行過我庭院，帶著寬容和諒解，與微風一起逡巡。伴花兒輕笑，這般的歲月靜好，也如詩一般。

偶爾，得空時，我靜靜看那搖曳的樹影，在地上書寫，竟然斑駁如畫，不免心裡又想：難道那會是春日的小令？還是書家匆促間遺落的行草？

有時，須要聆聽

你常聆聽嗎？你善於聆聽嗎？

善於聆聽的人有福，因為可以讓原本的生命更加深邃、豐富。

當四周一片喧鬧，常擠壓了我們原本屬於聆聽的時刻，有時候，竟也會覺得心煩氣躁。願意仔細的聆聽，常讓我能靜下心來，多有領會，有時候，甚至聽出了弦外之音，對我的人生也大有啟發。

靜靜的聆聽，是重要的。默默裡，讓我們更能抽絲剝繭，直指事物的核心，也讓我們知所先後，分辨得出事情的輕重緩急，那才是有智慧的。

有時，我們須要聆聽。

不是人云亦云，不是隨波逐流，我們必須傾聽內在的聲音，什麼才是心之嚮往，什麼才是恆久的追尋？

有時，我們真該靜下心來仔細的聆聽。

那麼，你，真的聽到自己的心在說話了嗎？

依舊記得

多少的往日已迷濛，然而，我依舊記得，那是一個溫柔如水的季節。

窗前的陽光，灑落了一地的金燦。你的微笑，浮貼在我的心版上，從來不曾被遺忘。

多麼久遠的故事了。還有誰記得呢？或許，連你也忘記？

如果你不記得，我不會怨怪。時光距離太遠，紅塵太過紛雜，人世間又太苦，倘若你不記得，也是可以諒解的。

我依舊記得，那是個葉落的秋日。當風起時，我停在一個十字路口，跟很多的行人一起等待綠燈的亮起，你回頭看，卻被我捕捉到你的眼光，你的眼光不曾停留，很快的飛掠而過。是的，你不再記得我了。在你，所有過往的記憶，都像秋葉，縱使曾經繽紛斑斕，也不過都要飄零塵土。

畢竟，人間所有美麗的歲月都太短了。

我卻記得那次無意間偶然的照面，記憶鮮明如昨，從來不曾褪色，可是，你的輕忽和淡漠，讓它全然失去了意義。

我又何止是惆悵呢？

也是幸福

走在秋天的山林，我彷彿聽到了一聲輕微的嘆息。
我小心的循聲前往，竟是來自樹下枯黃的一枚葉。
我細細的聆聽。它說：韶華易逝，幸福從來不肯久留，總是這般的匆匆。
我翹首望向藍天。流雲在天上飛快的寫詩，倏忽四散，彷彿是在替落葉的哀傷下著注解？
夜晚時，眾聲沉寂，我在秋的月光下酣睡。
若能得一夜好眠，也是平淡生活中安恬的幸福。

幸福在哪裡？

一生中，我們不都在尋覓幸福嗎？

人人冀望幸福，然而，幸福何在？

曾經，我天真的以為：幸福是在山水的盡頭，寫著憧憬，塗以欣羨。可是，距離我太遙遠了，我不知道該如何走過窮山惡水，歷經種種磨難？我不曉得自己是否有足夠的能耐攀摘幸福的花朵和果實？

那時，我少不更事。

曾經，我積極的以為：幸福是在雲霧飄渺處，務必苦苦尋覓，須得認真追求。是的，我是努力的。不畏艱苦，努力前行。有時候，我覺得，幸福已經近在咫尺，有時候，它卻又遠在他方。彷彿撲朔迷離，怎麼會是這樣呢？

我的心中滿是疑問。

終於，我走過了人生的大半途程，也歷經了塵世的離合悲歡。

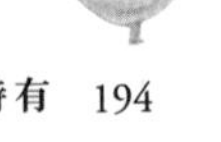

我終究明白：唯有懂得珍惜，才能擁有幸福。即使在一首歌裡，也能感知撥動心弦的共鳴；在一碗茶湯中，也可嘗出甘冽雋永的清芬。原來，所謂的幸福，是在知足的、美善的心裡。

幸福，未必遙不可及，其實，就在相互的提攜，共存共榮；也在彼此的體諒和鼓勵，它一直都在我們生活的周遭。

但願，你已經找到了屬於自己的幸福，並且相伴到永遠。

過清靜的生活

我越來越喜歡過清靜的生活。清靜過日子，沒有什麼不好。在安靜裡，我讀書寫稿，做自己喜歡的事，讓我覺得很歡喜。如此自在，多麼好。有時候，一整天沒說什麼話，我也依舊怡然自得。內心的充實和飽滿，讓我遠離寂寞，從來不曾感到發慌。

或許，我讓自己的內心成了一個自足的小宇宙。我歌，我哭，我歡喜，我惆悵，都無須過於在意。就像天上的雲朵，自來自去，美麗了整個天空。

這麼清靜的過著生活，少有外物的干擾，日久，難道不會孤僻嗎？我也覺得還好。不必依照別人的期待過日子，只要自己覺得安然自適，便已足夠。我俯仰無愧，我做自己，又有什麼不對嗎？

還是有一些好朋友，想念時，便互通訊息；平日，則安之若素。彼此尊重和關懷，卻從不加以干預和妨礙，也是一件美事。

活到人生的晚年，雲霞再美，可能已是最後的一抹斜陽了，心中依然有惦念和不捨，只是，有時候，不想說。

當我靜默

當我靜默，我以為，靜默也是一種意見的表達。

不想陷入沒完沒了的紛爭，那些口舌是非都太累人了，爭論了半天也見不到真理正義，於是我寧可靜默。

靜默，讓我彷彿抽離了喧鬧的現場，作壁上觀。其實我還是關心的，只是不願捲入爭執之中，我靜默，並不等於我唯唯諾諾。

我仍然是有想法的，我走自己的路，以自己的方式奉獻社會國家。

我厭棄喧譁吵鬧，我寧可靜默。

花草樹木，不也是靜默的嗎？你看，整個世界卻因此而更添了寧靜與美麗。

靜靜的陪伴

我其實很喜歡清靜無為，那是道家所揭示的精神。

或許平日的我們都太忙了，這樣那樣的事情太多了，追趕跑跳，勞累不已，難得有休息的時刻。如此精疲力竭，這難道是我們真心想要的生活嗎？一切的勞碌又是為了什麼呢？若說為衣食奔波，也該有個底線，就怕已經足夠，卻還捨不得放手。於是，讓自己就像一只陀螺，一輩子旋轉不休，卻遺忘了理想。

不必人云亦云，不必追逐時尚潮流，該停止競逐時，就該停止，恐怕這也是需要智慧的。

也應該有一小段清靜無為的時刻給自己，無須冀望在多年以後可以實現，人生這般無常，你其實無法確認那樣的日子一定可以來到自己的眼前。

那麼，就是現在吧。在每一天或每一週都有一小段屬於自己安靜省思的時刻，想一想或什麼都不想，只是靜靜的陪伴著自己。

靜靜的陪伴，也是一種美。

溫柔對待

我願意溫柔的對待所有今生的相遇。

相遇就是緣分。為著那難得的緣分，我誠心善意相待。

有時候，人是軟弱的，有太多需要學習的地方，才能修正自己的缺失，逐漸變得勇敢、堅強、寬闊、大器、接納、慈悲……

我們不也在別人的犯錯裡，看到了自己的不足嗎？他們也像是一面鏡子，映現了我們也曾有過的膽小、遲疑、自以為是、輕忽的，那是昨日的自己。

總要謙卑的學習，我們才可能會有進步。即使進步緩慢，若能不間斷，日久，相信成效也會驚人。就在一再的學習裡，我們成為更好的人。

溫柔的角落

留一個溫柔的角落，讓真善美得以停駐。

你找得到這樣的地方嗎？我想，或許，心靈的角落可以。

如果，我們的心向著真善美，那麼，我們的言行舉止也會逐漸靠向真善美的範疇，久而久之，一切都成了習慣，並不覺得有任何的困難。

由於平日的付出，存好心，說好話，行好事，慢慢的，我知道，自己是走在一條接近美善的大道上。

於是，我常安靜的等待，等待所有真摯的、善良的、美好的蒞臨。

的確，它們都會來到，無須催促。而且，我的內心也會更加篤定和快樂。

倘若人人都得如此，何愁桃花源不能再現？

留一個角落給自己

每一個人都需要有獨處的空間，所以，有必要留一個角落給自己。

你說：「可是，家裡人多，空間不大，哪裡還能挪出空間，留一個角落給自己？那太奢侈了。」

不一定要在家裡啊，只要安全，也可以在樹下，在校園，在圖書館……任何一個你找得到的地方，讓你覺得安心自在就好。

在那裡，你可以看書，寫作業，做什麼事或不做什麼事，也可以沉思冥想，讓自己靜心。

有一個角落，可以讓自己的心靜下來，和自己一起，真好。

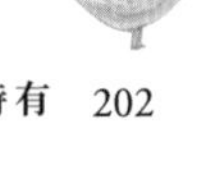

斷捨離

斷捨離，是現代人生活中的課業，對我來說，卻也太難了。

總有很多的捨不得，讓人事物更加的糾纏不清，於是，我成了一個優柔寡斷的人。

「太笨了！」我的好朋友老是這樣說我。

於是，我努力的學習。很多很多年以後，我終於比較可以當機立斷。要捨？要留？盡量立即決定。蕪雜之物因此少了許多，眼前自私自利的人由於我的不主動聯繫而情誼也跟著淡了……我的空間大了，快樂也多了。

我明白：早就應該這樣做的。

可是，為什麼那時候我總是做不到呢？

或許，也是因為年輕吧。

美好的瞬間

美好，總是存在的。只是，不知為什麼，許多的美好都僅存在瞬間，轉眼即逝？

你看：一朵花在春日的暖陽下，熱情的綻放，也彷彿是美人的悠悠醒轉。一枚葉子隨風悄然飄下，無人會，淒涼意。迎面走來陌生人善意的微笑招呼，讓世界更添美麗。

再看：家人的關懷，朋友的祝福，你以為所有的幸福都是長長久久的，卻不知人生如此無常，一轉眼就消逝，再也不見影蹤了。

一場地震，埋掉了多少無辜的生命。暗夜的哭泣，有誰知曉？

一次海嘯，多少親友為之心碎，從此，天倫夢斷再也難圓。

是的，塵世中，所有的繁華靡麗，轉眼都成空。

所以，要懂得珍惜與感恩，與其將它刻在心版上，以示時時不忘，都不如努力活在當下的好。

因著愛

紅塵流轉，人生如歌，而愛，從來是最美的音符。

有一次，和朋友們到大自然去尋幽訪勝。但見群山默默，有如哲人的沉思。難道是在仔細聆賞天地的密語，苦心孤詣，想要解開其間的奧妙？這時，連陽光也悄然無聲，只有蟬鳴喧噪不已。彷佛直把心中的愛意訴了，這般坦然真率的表白，連天際飄過的雲兒都忍不住好奇的停下了腳步，似乎想要聽個明白。唯有愛搗蛋的流水在一旁譁然吵鬧，不肯歇止。

我常想：四季的風光再美，如果不見深情的凝眸，必然少了雋永的韻味。縱然詩畫的筆觸再敏銳，如果少了愛，就像琴弦的喑啞，多麼讓人悵觸萬端。也像林木的寂寂，這是何其沉重的哀傷！又有誰經受得了呢？即使花兒不凋零，缺了愛，留下的，也只是更深的、難以排遣的寂寞吧。

愛，才是生命的源頭活水，多麼珍貴。

覓

年少的時候，我整日東奔西跑，四處尋尋覓覓。

如此忙碌，果真大有所得嗎？卻也未必。

終究明白一己的有限。我，卑微的站在一團忙亂之中，毫無章法，不見條理。我承認：自己只是凡夫俗子一個。

我追逐著世俗的潮流，不肯落於人後。我總是焦慮萬端，逃不開枷鎖，理不出頭緒。

我在歲月的牢房裡，苦思久久，一次又一次。如何才得安頓身心，可有妙法良方？

很久以後，我才豁然開朗：走自己的路，過自己的生活。無須隨波逐流，歡喜就好，有意義更好。

歡喜就好

生活裡，有太多的不快樂，於是，我常提醒自己：只要歡喜就好。

在我童年時，走在藍天上的一朵雲，常溫柔俯瞰塵世的我。

的確，我是一個孤單的孩子，整天啃食著書本。如此專注，無有旁騖，穿梭在詞章的花園裡，一再的流連忘返。著迷於琳瑯滿目的故事情節，為我原本平淡的生活增添了許多情趣。原來，在文學的國度中，另有快樂的天堂。

有一天，已然長大的身軀，伴隨著天真的靈魂，老是靜坐在書房的一隅，認真的閱讀，偶爾從書頁中抬起頭來，望向窗外，閒看霞光的變幻和四季的流轉。一掬滿心的歡喜，在文字的桃花源裡，樂以忘憂。

我確認，如果我能這樣過一生，將沒有什麼憾恨。

藍天上的雲笑了笑，緩緩走開。

「人生也是一種選擇，歡喜就好。」我彷彿聽見它無聲的祝福。

耕耘美麗心田

我們常追逐外在感官的逸樂，可惜那樣的快樂總是短暫，很快就成為過去，一如天上的雲朵轉眼遠逝。

為什麼我們要向外苦苦的追求，卻遺忘了內心世界的重要呢？

我們的心不也是一畝田，值得我們播種插秧和認真耕耘？每一分內在的充實，都帶給我們由衷的歡喜，那洋溢的喜悅更為持久豐盈。

所以，我們的心自成一個小宇宙，值得我們細心耕耘和護持，每一個善念，每一件善行，都散發著微光，日久天長以後，我相信：所有的歡愉圓滿都可以不假外求。

時時探索內心，讓它成為最美的田吧。

如果人人都有美麗的心田，我們的世界哪能不處處充滿了平安喜樂？

如果心中有光

我喜歡燈的綻放光明。

在暗夜裡，在冷寂包圍的林木深處，只因著一盞燈的亮起，溫暖於是替代了淒寒。

我希望我也會是一盞燈，可以帶給別人光明和溫暖。

再仔細地想：如果我的心中有光，會不會就不怕四周的黑暗了？

因為那光是智慧，不受蒙蔽，一片清明。

那麼，你的心中也有這樣的光嗎？

你說：「沒有。」

如果沒有，請記得仔細尋覓、好好召喚、認真培養。它來自不斷的學習和持續的省思。

當一個人心中有光，就會有足夠的勇氣面對黑暗，因為智慧是最好的後盾，能量源源不絕。

隨遇而安

花自飄零水自流。

落花流水都是大自然的景象，不必說悲道喜，強加附會。

隨遇而安就好。

我們常因心中有所求，好，還要更好，於是加快腳步，奮不顧身，卻因為過度強求，而讓自己陷入了困境。其實，盡力就可以了，腳步不妨慢一些，事緩則圓，反而更容易接近心中的夢想。

不必威逼自己過甚，只要理想仍在，按部就班，好好做，日日有進展，自然看得到好成績。

可是，這樣的人生領會，並不是每個年輕人都聽得進去的。我們也是在經歷過許多事以後，才慢慢有所會意。

能隨遇而安，也是一種很好的人生態度。

輕鬆

當我們背負得少，就會感覺輕鬆多了。

千萬不要讓我們的心成為垃圾桶，如果來者不拒，大量堆積，結果真是可怕，不成災禍才怪。去蕪存菁，的確有必要。

不再需要的，過時的，腐壞的……全都丟了吧。如果垃圾桶可以清空，我們的心也可以減掉一些負荷和壓力，為的是讓我們活得更為自在寫意。

只背負我們必須背負的，讓自己清閒一些，我想，也讓日子變得比較從容和美麗。

發現

這幾年，文創很夯，其實，可貴的就在創意。

創意是什麼呢？就是發現美。

我們需要有聯想，有不同於別人的視角和廣度，如果我們能看到別人所看不到的，就可能技高一籌。

如何才能有創意呢？閱讀、觀賞、旅行、思考……即使只是天馬行空的想像，彼此之間的腦力激盪，集思可以廣益，也是很有意思的。

這個世界處處都是美，只是，你看到了嗎？你發現了嗎？

過程的重要

人人想要知道結局是否天從人願？然而，過程也不宜省略，它也一樣的重要，不容輕忽。

其實，有時候，過程的重要更勝於結果。

每個人都由搖籃逐步走向墳墓。死是最後的結局，人人都一樣，終究無可逃躲。只是，過程有長短，有順逆，更是充滿了離合悲歡。回顧時，那笑聲和眼淚，多麼令人難忘。嘗遍酸甜苦辣的人生滋味，我以為，也是一種圓滿和豐足。

如果心裡只想到，人活著，終須一死。從此，不思振奮而起，更不想有所作為，於是，得過且過，草草結束，這樣敷衍了事、得過且過的生命又有什麼樣的價值和意義呢？

所以，重要的，其實是過程，我願意傾一切的努力，讓它們充滿了繽紛的回憶，成為可驚可歎的傳奇，人人津津樂道，自以為不及。這不也很有意思嗎？

有一天，當人生的黃昏來到，請珍惜眼前最美的一朵晚霞，在我，如此無憾的人生，才是值得念茲在茲的。

當我遠逝

人生中，所有的歡聚都有盡頭，離別總會到來。

有一天，我也會告別紅塵而悄然遠逝。

當我遠逝，請不要為我流傷悲的淚，只要為我唱歡樂的歌。我的魂魄，既然已經脫離了所有紅塵的羈絆，難道這不該值得高興嗎？從此，我可以和雲一起飛翔在天空，有時，也會靜靜俯瞰塵世的你，寄你，以我最真誠的祝福。願你永遠平安喜樂，沒有憂傷悲苦。

當我遠逝，如果你因思念我而覺得苦痛，那麼，請代我用心澆灌大地吧。當春來時，東風吹起，綠意滿天涯。處處都是希望，也慰藉了灰心沮喪的人們。或許，在這樣的鼓舞之下，他們願意試著再鼓起勇氣，再奮發振作一次，說不定，反而衝破了重重難關，有了更好的契機以及全新的開始。

這樣的愛，讓我感同身受。當整個世界變得更優質更和諧也更美麗，那麼，站在高遠之處，你再也無法觸及的我，我的心，也同樣充滿了無可言喻的喜悅。

未知的旅程

人生，其實是一場未知的旅程。

未知，也是好的。由於未知，常為我們帶來許多的驚奇。如果，我們在事前都已全部知道，那麼，不過是照著劇本演戲，又會有什麼趣味橫生呢？

有一次朋友來小住，我帶著她一起在清晨時散步，就走我平日熟悉的小徑，她跟我說：「你可以考慮換走不同的路，試試看。」是的，千篇一律也太沒有變化了。換另一條路走走，必然會有更多不同的發現和想法，或許是聽聞不同的鳥聲、大異其趣的植物景觀。有時候，未知，也是一種懸疑，引人想要仔細加以探究。

讓我們繼續走著屬於自己的旅程，因為未知，更覺得步步有趣。

靜觀人生

你是怎麼看待人生的呢？

整日忙碌不休，一會兒找人勘查風水陽宅，能否富貴年年，蔭及子孫？一會兒找人卜卦算命，能否金玉滿堂，福祿壽喜？……

誰說天機能夠窺得？其中的奧祕，恐怕難以言說。卻老是有人想方設法，覷眼紅塵密碼，會不會全是一場空？

我的內心寧靜淡泊，距離名利很遠，得以清心自在，或許也是上天特別的眷顧和成全。

我只願：天行健，君子以自強不息，生死，且隨緣順性。

那麼，就師法自然吧。像一朵花綻放後，飄落於塵土。像一枚葉青綠枝頭，枯寂，而後躺在大地的胸膛。

安靜無聲，就此歸去。

說永恆

什麼才是永恆？

花再豔麗，終究會衰敗，一旦委地，再也無人聞問。

紅顏再美，難敵青春遠逝，當老邁和死亡臨近，終將束手。

至親好友感情再好，總有離散分手的一日。

世上沒有恆久，一切都只是過眼雲煙，稍縱即逝。

如果連滄海都可能變成桑田，或許，永恆的，只是那風聲、水聲以及無邊的寂寞罷了。

今生所有的緣遇，也都只有一照面的歡喜，轉身離去，此後，人各天涯。

然而，若能相會，都屬難得，哪能企求更多？

我不奢求，縱使飛鴻雪泥，也已足夠。

也像一條河流

人生，也像一條河流，高低起伏都是尋常。

河流經過許多地方，有的安居樂業、田園靜好，有的地瘠民貧、荒漠一片。河流有時高昂有時低吟，有時激越有時靜默……

人生也是這樣吧。我們有時得意有時失意，有時意興風發有時消沉無語。然而，處逆境要堅持，處順境要謙卑。若能如此，終究會否極泰來，柳暗花明又一村。

明白了這個道理，告訴自己：不要放棄，不要灰心。我們是可以越過難關，走向坦途的。

有一日，當天從人願時，千萬要記得感恩。

感恩，從來是人生河岸邊最美麗的花朵。

人生路上

人生的路就在我們的眼前展開，如此長長遠遠。

有時平坦好走，尋常日子平實也平淡，不曾讓人拍案驚奇，卻也有著令人坦然的自在和安好。

歲月靜好，或許就是這樣吧？

果然，平安是福。可是，我們需要歷經多少世事憂歡之後，才能真正有這一番領會呢？

在某些時候，我們也曾經走在蜿蜒崎嶇的小徑，險象環生。步步為營，忐忑難安，不足以形容其間的艱難和困頓。

許久之後，所有累過，苦過，淚水落盡處，竟也回報我們以奇花異卉。這麼炫美的風景，令人懷想萬千。一時之間，竟讓我們悲欣交集。

打開窗子

你的窗子是打開的？還是緊閉的？

只要是有陽光或微風的日子，我總是喜歡打開窗。

打開窗，讓陽光進來，讓屋子裡的每一個角落都是明亮的、開朗的，彷彿我的心情也變得更加的歡快和明朗了。有時候，微風也會跟著進來，大自然的風最是清爽宜人，多麼舒暢！這時候，你怎麼還會留住昨日的不快樂呢？忘了吧，假裝它們從來不曾存在。奇怪的是，當你這樣想時，它們也就悄悄的隱遁，再也不會干擾你了。

打開窗，我的心靈更加平和溫柔，歲月靜好，我好想來寫一首詩，卻發現，我的生活原本就是一首詩。

啊，為什麼我以前不曾知曉呢？原來，我是被上天所祝福的。

歲月靜好

秋江已冷。

你看，蓮蓬已經倦極睡去。沐著一身月色，寂然無聲。此時山巒靜寂，連月兒都顯得朦朧。

歲月靜好。我真心希望這樣。

想我半生讀詩，在美麗的文字之間徘徊流連，捨不得離去。那些雋永的章句，進入我的心中，更為人生增添了無數繽紛。這是多麼有趣的事！

我成長的歲月都在鄉下，親近大自然，成了理所當然，也受到了很好的薰陶，舉止有節，待人以誠，處處都結好緣。

詩裡的竹籬茅舍，讓我心生嚮往。家居生活一派清簡樸素，粗茶淡飯情韻幽揚，但覺紅塵日遠，自有蓮花的開落，在一己的心中。

安恬定靜的日子，我喜歡。

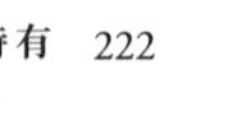

九　歌　文　庫　　1　3　6　8

剪下一片月光

國家圖書館出版品預行編目 (CIP) 資料

剪下一片月光／琹涵著. -- 初版. -- 臺北市：九歌出版社有限公司, 2021.12
面；　公分. -- (九歌文庫；1368)
ISBN　978-986-450-378-0(平裝)
863.55　　110018337

作　　者——琹　涵
繪　　者——蘇力卡
責任編輯——張晶惠
創 辦 人——蔡文甫
發 行 人——蔡澤玉
出　　版——九歌出版社有限公司
臺北市 105 八德路 3 段 12 巷 57 弄 40 號
電話／02-25776564・傳真／02-25789205
郵政劃撥／0112295-1

九歌文學網　www.chiuko.com.tw

印　　刷——前進彩藝有限公司
法律顧問——龍躍天律師・蕭雄淋律師・董安丹律師
初　　版——2021 年 12 月
定　　價——350 元
書　　號——F1368
I S B N——978-986-450-378-0　(平裝)